琦君
作品集
09

玻璃筆

琦君 著

小時候，母親做活時，我倚在她身邊，唯一的玩具就是她的「八寶箱」，那裏面的寶物我都玩不厭。其中最寶貴的應當一對黃了的珠花，和一對珠耳環，那是母親做新娘時戴的。還有我的「長命百歲」金鎖片。我取出珠花，插在母親鬢邊，母親對著鏡子照照，馬上取下來，我就插在自己兩邊的辮子根上，扭來扭去的唱小調。

紀念珍藏版

永恆的容顏——琦君珍貴鏡頭

伉儷情深

五〇年代，與先生李唐基、兒子李一楠在杭州南路寓所前

與《自由中國》雜誌作家們出遊。後排右起：柏楊、周棄子、琦君、歸人、聶華苓。黃中（《自由中國》雜誌編輯）、李唐基

與林良（左）、林海音（中）在臺北二二八公園

一九六三年獲頒中國文藝協會散文創作獎章，與其他得獎人和蔣經國先生（左三）合影

一九七〇年以《紅紗燈》獲頒中山文藝散文獎，由王雲五先生頒贈

琦君（後右一）與梁實秋（前排右一）、葉曼（右二）、何凡（左一）、彭歌（後左一）

五〇年代與文友合影。後排右起王琰如、琦君、余夢燕。左二俞大綵、左三潘人木、左四沉櫻

與謝冰瑩（左）、蓉子（右）代表台灣省婦女寫作協會訪韓

與三毛（左）、齊邦媛（右）餐敘

與文友歡聚。前排左起姚宜瑛、橋橋、琦君、瘂弦。後排左起余光中、羅青、王藍、何凡、彭歌、楊牧

琦君（前排左六）與任教多年的中大師生合影

回憶潘老師
——我是她第一次執教的學生

蔣竹君

很多朋友提到作家琦君，常尊稱她「潘老師」，我稱呼她老人家「潘老師」，卻真正是她的授業弟子，而且是她第一次執大學教鞭的學生。

那時候，潘老師才四十四、五歲，溫柔婉麗的模樣，很讓我們班上五個年輕女孩心儀。由於是世新三專（現在的世新大學）第一屆的學生，成舍我校長特別重視師資的聘請。當時名重一時的學、法、政界的俊傑，都感受老校長的誠意，應允來授課。我們大二的國文課是潘老師教的，後來她說，是因為好朋友林海音女士向成校長建議，新聞科系的學生應該注重現代文學寫作的訓練，所以推薦她來任教。潘老師說，第一次教大學生，有點兒靦腆，好在看到第一排乖巧的女生，讓她安心不少。

我雖然知道潘老師是名作家，她的很多作品卻是後來才閱讀到的。記得潘老師先以《東萊博議》為教本。她認為做一個新聞人，對事理的辨證辯論很重要，從上書的文章中，可以理解基本的觀念邏輯。潘老師每週一次的作文題目也涵蓋各類文體：有傳記、散文、小說等。現在新聞系的學生不知道是否每週要寫作？但這真是對未來從事文字工作的必要訓練。

潘老師是當時教我們最年輕的老師，又是女老師，女學生自然也跟她最接近。當時她在司法行政部（現改名為「法務部」）任職，住在愛國西路的公家宿舍，房舍不大，可是她跟師丈李唐基先生的溫馨熱情，讓造訪的我們如沐春風。

畢業後，仍常有機會見到潘老師。三十年前，師丈外派到美國紐約工作，臨行前，我到濟南路老師的公館去拜望，深知往後相見不易，臨別依依！

旅居美國期間，老師寫作不輟。十多年前，我邀請她為本報的少年兒童讀者寫過一些感人的散文；民國七十八年春，婦女寫作協會舉辦到天祥旅遊，剛好老師伉儷返臺，也跟文友同遊，才又再見到她。

民國九十年，潘老師回故鄉大陸浙江溫州老家，為當地設立的「琦君文學館」揭幕，並返臺短暫停留，我跟少年文藝版主編湯芝萱去探望她，她給人幽默、溫暖的感覺仍如往日。

民國九十三年，老師返臺定居。是年秋，我到淡水去看望潘老師和師丈。潘老師對時空已無甚概念，但仍妙語如珠，談到詩詞劇曲，更是琅琅上口。李師丈照顧她的愛心與耐心，讓人感動。師丈說她不愛動，整天躺坐，可能也是體力不濟了。

我扶著老師走到陽臺上，欣賞著名的「淡水落日」的美景。紅豔的太陽正緩緩隱入地平線下，可是它的餘暉永存在欣賞者的心海中。潘老師雖已遠去，她的作品會永遠溫暖每個讀者的心。

——原載九十五年六月十八日《國語日報》

（本文作者是少兒文學作家，曾任《國語日報》總編輯多年）

目錄

永懷琦君專輯

初版自序

看完《玻璃筆》第一次校樣那天，正是我七十初度。若真是「人生七十才開始」，那麼這本小集子，該是我再起步的第一本書了。

當然，這是我「忘年」的自嘲，也是一點自我砥礪的心意。

這本集子，與以前的稍有不同。就是每篇都只在千字上下，點點滴滴記下些旅居生活雜感、讀書偶得，與難忘的舊事。

平時在讀書、工作中，或在寓所附近散步中，往往會有許多意念或感觸掠過心頭，恨不得立刻與好友暢談。但時空的阻隔，忙碌的現代生活，連寫信與通電話，都不能隨心所欲，倒不如寫成篇篇短文，能藉機與良朋「報上相見」，也算彌補了不能促膝談心之憾。這也就是我一直捨不得丟下這枝禿筆的原因。

這些短小篇章，只是供朋友們隨意瀏覽，以代書信，也算給大家茶餘飯後進點零食助興吧！集中有若干篇原是為兒童版寫的，因篇幅長短適合，也就一併收入其中。好在每位讀者都具有一顆童心，讀來不致有七十歲與七歲之間的「代溝」之感吧！

〈玻璃筆〉一文，是追述十年前一位讀初中的小女生與我的一段友情。如今回味起來，彌足珍貴。因以此玲瓏剔透的三個字為書名，藉以提醒自己，當永遠做一個勤奮的「握筆人」。

當〈玻璃筆〉在此間〈世界副刊〉刊出時，兒媳特地為我買來一打玻璃筆，鄭重地遞到我手中說：「媽媽，看了您文章好感動，您喜歡透明的玻璃筆，我給您買來了，祝您心中的靈泉永遠源源而來。」真感謝她的細心與孝心。我笑著回頭問兒子：「你給媽媽帶來什麼？」他傻楞楞地半天才說：「我呀，我帶一張嘴來吃媽媽的好菜。」他就這麼永遠長不大。如今倒娶了房賢慧勤奮的媳婦兒，他真是天生有福氣。依法律上「結婚成年制」的說法，我這個老母，也就不用再為他牽腸掛肚了。

望著那一打未開封的玻璃筆，他忽然靈機一動說：「媽媽，玻璃筆一半也是我送的。我知道媽媽寫稿像畫符，使力大、用筆費嘛。新書出版了，要馬上給我一本，好多朋友都喜歡看你的書呢。」

這句話，倒是他給我最好的禮物了。

在新書出版以前，這是我們家庭的一段小插曲，乃隨筆記之。

琦君

七十五年九月二十六日

於紐澤西

剎那與永恆

美國太空梭挑戰者號的空中爆炸，是美國太空探險史上，一次最慘烈的意外事件。電視螢光幕上，一次又一次用慢鏡頭重播爆炸的一剎那，怵目驚心的火光煙霧，使七位太空人頓化烏有。試設身處地爲他們的骨肉親人與好友想想，他們將如何承當如此重大的震驚與悲痛呢?!

新聞報導得最多的是有關女教師克利絲塔・麥考利芙的事跡。看她家庭生活的美滿，對學生教學的認眞，入選太空人以後的歡欣雀躍，升空前的嚴格訓練，在在令人感動。七位太空人，愉快地進餐以後，踏著充滿信心的穩健步伐，跨入太空梭。女教師的雙親，仰首望著高空，她的全體學生，專注地盯著電視機，他們由提心吊膽的歡呼，霎時間轉爲目瞪口呆的驚怖，這情景眞正令人不忍卒睹。

心理學醫生說，孩子們對這樣的震驚，心靈要很久才能平復，更需要慈愛的老師們予以撫慰啓導，讓他們體會人類從事這項驚險工作的必要性與不可避免的重大犧牲。

記者訪問一個十一、二歲的兒童，問他對空中爆炸的感想，他居然侃侃而談，說任何事都有風險，地面的汽車不也時常出事嗎？使我們驚奇於他思想的老成。

有一個女記者說：「七位忠於理想以求完成志願的勇者殉難了。我們不要只悲悼他們的死亡，而是要敬佩他們生前如何地向理想邁進。」此話值得人深思。

一位以前曾完成任務的太空人妻子說：「由於這次的意外事件，她再也不會讓丈夫再次進太空梭了。」這是人之常情，但我相信，如果她丈夫眞要再次上太空的話，她仍舊會同意他去的。因爲一個愛丈夫的妻子，是不忍阻撓他完成志願的。

無可置疑的是，美國的太空探險計畫絕不致因此停止。這次的慘痛事件，促使研究更進一步，以期達到最高度的安全。則七位空葬的勇士英靈有知，也將欣慰於自己的生命沒有白白犧牲了。

最令人酸鼻的是女教師克利絲塔・麥考利芙的幼小女兒，在母親升空前對訪問她的記者說：「我不要媽媽走，我要媽媽在家陪我。」言猶在耳，她媽媽在刹那間就粉身碎骨了。以人間骨肉情來說，誰都會覺得做一個母親，當以丈夫兒女爲重，不當丟下他們去冒這麼大的風險。死生固不可預測，但她原是抱著百分之百的信心上去的，她希望能以完整的太空探險經驗向學生報導，她希望她的女兒能以有一位勇敢的母親爲榮。怎會想到她竟沒有回來教導學生，也永不能再陪伴愛女了呢？

我想起泰戈爾的一首詩來，那原是一個早夭的女兒安慰母親思念她的詩，其中一段倒可以引來安慰這位突然永別了女兒的母親：

媽媽，如果您想念女兒到夜深不寐，
我將於星斗中對您唱：
安心吧！媽媽，安心吧！
您睡著時，我將從流蕩的月光中
悄悄地來到您的牀邊，睡在您的懷裏。

我一遍又一遍地念著，不覺泫然欲泣。

至於她母親，和那六位殉難的同志，我也想起泰戈爾給友人書中的幾句話：

人生要誕生兩次，第一次是在家中，但要完全誕生，就得誕生在一個更大的天地裏。
你不覺得在我們中間第二次誕生了嗎？這一次的誕生，你才在人類世界上，找到你眞正的地位……

太空梭空中爆炸的一剎那，對七位勇士們來說，就是第二次誕生了。

這也就是仁人志士之殉身，剎那即成永恆的意義吧！

掃落葉

傍晚在寓所附近散步，看見一位白髮皤皤的老先生在掃落葉。他耐心地把落葉掃在一堆，正打算拿起塑膠袋將它抓入時，一陣風來，把落葉吹得四處紛飛。顯然的，他幾乎前功盡棄，他又耐心地再掃。我站著袖手旁觀，有點不好意思，想幫忙又無從插手。他卻擡頭對我笑笑說：「不要緊，吹散了再掃。」我說：「你這樣不是白費力氣嗎？看有的人用一種機器把葉子一吹，一下子就吹成一堆了，那不是省力多了嗎？」他說：「那是年輕人在做清除工作，我是老年人在做掃落葉遊戲，你不是看我在跟風比賽嗎？」

粉紅色的晚霞，映照著他的稀疏白髮，倒眞是一片夕陽無限好的情景。我不由得幫他將落葉一把一把捧進塑膠袋，他就侃侃地和我聊起來。他說：「我是從俄羅斯自我放逐來的，我的兒孫早已是美國人了。他們不會想到他們的祖先早年在冰天雪地的西伯利亞過的是什麼日子。只有我和老伴兒總是念念不忘故土與家園，但又不願回去，因爲我們要呼吸自由的空氣。只有每年到了秋風吹落葉的時節，就會有葉子離開母枝，無法再回頭的感慨。所以我特別要把葉子收拾起來，埋進土裏，免得它們到處飄零。」

我呆呆地聽著，半晌才說：「我們中國也有一句話，叫做葉落歸根，誰不思念自己的根呢？」他問我：「你是從哪裏來的？」我告訴他從臺灣自由中國，我原該說是從那遙遠的古老中國來的，但我沒有說，因爲已無從說起了。

觀瀑記

最近是第三次去觀賞尼加拉瀑布了。面對洶湧雄偉的氣勢，任何人都會有被震懾住而興起滄海一粟之感吧。我問同遊者有何感受，她是畫畫的，她說：「我眞想把眼前奇景畫下來，但恨無此氣魄與技巧。」看她一副如有所失的神情，深歎對此浩瀚空闊，而能胸中無一點塵，忘卻得失，談何容易。

導遊小姐正在我邊上，她木然望著瀑布，對我說：「眞羨慕你們那副驚喜欲狂的樣子，被霧水濺得一身潮濕，卻像投入愛人懷抱，似醉如癡。我是視而不見，聽而不聞。」我非常驚異地問：「你不是一路報導得很精采嗎？」她笑笑說：「連這點都不會，我就連買熱狗的錢都沒有了。」仔細看她，已過中年，頭髮散亂，一臉皺紋裏透著疲勞。我再回頭看瀑布，覺得任何名山勝跡，在不同人的心境中，出現不同的景象，甚至連景象都沒有了。就像大瀑布之於這個導遊。

正如一樣的雨，敏感的詩人，在「歌樓上」在「客舟中」在「僧廬下」，聽來感觸都不一樣，真個是境由心造。陶淵明在東籬下見南山而悠然，李白對敬亭山而有鳥飛雲去的孤絕感。心情歡樂的，卻會覺得山在頑皮地看你，不是嗎？「青山個個伸頭望，看我庵中喝苦茶」呢！

導遊又悄悄地對我說：「你覺得瀑布這麼美，它卻在吞沒人，這裏每天至少有一個人跳進去自殺呢！」我怔住了。回程中，一直在想著那一個個向瀑布縱身躍入的「勇者」。

陽光

前年遊歐，在瑞士湖上坐船。原當以悠閒心情，盡量領略湖光山色。但因天氣燠熱，趕了一天旅程，處處都只是蜻蜓點水式的到此一遊，不但意猶未盡，反感到身心十分疲勞。在人聲嘈雜的旅客中，我只是昏昏思睡，實在辜負了這世界公園的大好風光。船到一個小埠時，上來一位白髮皤然的老太太，她雖然步履蹣跚地扶著拐杖，卻是滿臉笑容。她在我身邊坐下，只是望著我好奇地看，我不由得不好意思地轉開了臉。船經一處公園附近，她忽然推推我手臂，意思是叫我看岸邊紅男綠女，快樂戲水的情景。我只覺那些到處都是的少男少女，跟我有何關係呢？可是她卻一直在看。我忽然發覺她臉上的皺紋，因笑而更美，也顯得那麼快樂年輕，一定是眼前的情景，逗起了她少女時代的情懷吧。傍晚的粉紅色陽光，照著她的童顏鶴髮，眞恨自己沒有一枝彩筆，不能描下她那一份永恆的美。

看她年齡已逾七十，而她對眼前美妙風光，一絲絲也不放過。她愛大自然，愛青年男女，愛雀躍的生命。

人生原只是白駒過隙，長壽與短命，剎那與永恆，本只是相對的，如果浪費了生命，不能接受又不知回報，活著又有什麼意義呢？陽光照在她臉上，爲何如此之美，就因爲她接受了陽光的賜予，也回報以快樂的笑容。

康多、迷尼

有一天，管理員羅拔多來告訴我，他收留了一隻無主的小貓，好可愛，已經斷奶了，問我要不要，可以先去他辦公室看看。我猶疑著，很多天都不敢去，因爲只要一看見，我就會捨不得放棄的。羅拔多等不及，把牠抱來給我看了，好胖好漂亮。牠一到我懷裏，就咕咕咕地念起經來，好像聽牠在說：「收養我吧，我好喜歡你啊！」羅拔多說，牠原是有家的，只因男主人有鼻子敏感，不能聞動物絨毛味道，女主人只好忍痛把牠託付給他，請他爲牠找個好主人。我聽了好不忍心，但一想我家這位男主人的堅決不同意我再養貓，以免回國時的難捨難分，只好把小貓捧還給羅拔多，滿心的歉疚與無奈。

一個多星期後，羅拔多高高興興地來對我說：「你知道嗎？我的康多有了個新伴侶，牠的名字叫迷尼。」我一時沒聽懂他的意思。他連忙解釋道：「我忘了告訴你，我已經決心自己收養小貓了，給牠取名叫康多，前天門外又來了隻流浪貓，比牠小一點點，我馬上再收留牠，和康多作伴，給牠取名叫迷尼。你是知道的，這種社區房屋叫做康多迷尼亞，牠倆的名字不是很有意思嗎？」

我聽了眞好高興，康多、迷尼，有了好主人，從此不致餐風飲露，溫飽地悠遊在「康多迷尼」的自由溫暖天地中。我呢？也可常常去看牠們，跟牠們玩玩，送點甜餅牛奶給牠們吃，與好心的羅拔多分享快樂。但一想起自己沒勇氣養牠們，只會享現成福，又未免有點慚愧呢。

葡萄乾麵包

我好愛吃葡萄乾麵包。每天早上吃一片，再喝一杯鮮牛奶，眞覺其味無窮。品嚐葡萄乾麵包的滋味，不只在它的香甜，也不只在它的鬆軟，而是由於吃的時候，想起當年守著母親，看她瞇起眼睛，全心享受葡萄乾麵包的快樂神情。

六十年前，哪有現在這樣「渾身」滿佈葡萄乾的麵包呢？那時一個小圓麵包上，只有正中央鑲一粒葡萄乾，邊上偶然再黏上一兩粒，那就是不得了的豐富啦！

母親有胃病，很「新式」地要吃「西點麵包」。每回長工有事進城，才順便爲她買幾個帶回來。母親把它當寶貝似地收在碗櫥裏，廚房工作做得正忙，胃裏餓得直冒酸水，她就拿出麵包咬一口，又放回去。直到飯菜都燒好，才坐在門檻邊那張長凳上，把一雙站得痠痛的小腳擱在矮竹凳上，捏著葡萄乾麵包，看一眼，咬一口，細嚼慢嚥地品味起來，但總是把那兩三粒葡萄乾留到最後才吃。我在她身邊轉來轉去，實在看想那幾粒葡萄乾。老是問：「媽媽，您爲什麼還不吃葡萄乾呀？」她總是說：「急什麼嘛？總要嚼得細細的才補呀！」我說：「才兩三粒葡萄乾，還補不到牙齒根呢！」母親笑瞇了眼說：「誰說的，葡萄乾補血的，補了血，渾身都補了。」

有一回，我實在忍不住流口水，心生一計，忽然一聲大喊：「媽媽，麵包上有一隻蒼蠅。」說時遲，那時快，伸手就把那粒葡萄乾剝下塞到嘴裏了。母親笑罵：「你這個饞嘴丫頭，欺侮我近視眼。只那麼一粒葡萄乾你都搶。我做的棗泥糕多好吃，你不去吃，來搶我的葡萄乾麵包。我是有胃病，不能吃糯米呀！」

我心裏也覺得很抱歉，對自己說：往後再也不這樣淘氣了。一定要把好吃的東西留給媽媽吃。可是從那以後，母親反倒都把葡萄乾剝下來留給我吃。我說：「你自己吃嘛！」她說：「甜的吃多了不舒服。」我有點不信，但還是把她留給我的葡萄乾吃了。

有一回，老師因爲我作文作得好，要獎賞我，問我喜歡什麼，我馬上說：「葡萄乾。」老師給我買來像火柴盒那麼小一盒葡萄乾。盒子上畫的一個漂亮番女，捧著一籃綠綠的葡萄。我把盒子打開，撮出一粒放在嘴裏含著，在心裏說：「我一定要省著給媽媽吃。」於是把它塞在母親枕頭底下。晚上臨睡時，母親發現了。瞇起眼睛看了半天，問是什麼，我說：「是補血的葡萄乾呀！」母親高興地打開來，撮了一粒放在嘴裏，慢慢地咀嚼。我靠在她懷裏，仰起頭來看她那一臉的笑咪咪，覺得自己從來沒有這麼孝順過呢！

那盒葡萄乾在母親枕頭下放了好多天，她總是捨不得吃。還是我忍不住，摸出來撮一粒塞在母親嘴裏，撮一粒放在自己嘴裏，母女二人，並肩躺在牀上，你一粒，我一粒，邊吃邊唱山歌，好多天才把它吃完了。

如今回味起來，覺得一生也沒吃過那麼好吃的葡萄乾呢！

小筆友

在一份美國女性雜誌的筆友欄，看到一個美國小朋友給一個蘇聯筆友寫信，親切又活潑地告訴她自己的學校與家庭生活。風趣地描寫她自己的模樣和嗜好，希望對方也能同樣地告訴她。最後她問：「你擔心不擔心會有核子戰爭？你們國家的政府是不是也在為全世界的和平而努力呢？」

看了眞令人感觸萬千。一個正在享受歡樂童年的孩子，心頭仍籠罩著核子戰爭的陰影。巧的是她正好問蘇聯的孩子。我不知道那孩子會怎樣回答，她的家庭與學校教育是怎樣灌輸她政治意識的？但無論是哪一種政體下的孩子，天眞的心靈都是愛自由和平的。想想他們可以和美國孩子通信做筆友，在他們國家的兒童教育來說，也算是網開一面的自由了。

據許多心理學專家說，現在青少年問題之嚴重，多半是由於他們對核子戰爭之恐懼，形成虛無幻滅、任性、享樂的心理，其然，豈其然乎？

一位新加坡好友來信，告訴我旅遊了蘇聯。她說那是一個陰沈冷漠的國家，物質短缺，人民臉無笑容，整個城市給人的印象是慘淡無光的。不同的政體，塑造了全然不同的生活模式。次日到了一海之隔的芬蘭，恍若進入另一個世界。

她寄來的卡片印的是列寧格勒的一座建築，大街上闃無一人，死寂一片，附的說明倒是用的英文。可見他們仍然接受外國人觀光。既然四海之內皆兄弟也，國家政策又爲何要朝向發動第三次大戰的方向走呢？

惜花須自愛

對著滿眼繁花似錦，多感的詩人，常不免春去春回，花開花謝的感觸。杜甫一生掙扎於戰爭飢寒邊緣上，他的詩總是悲苦的居多，念著他的「風定花猶落」，與「一片花飛減卻春，風飄萬點正愁人」之句，誰都會引起無限悵惘。而豁達的俞曲園，則樂觀地說：「花落春猶在。」他的「春在堂」也因此句而得名。他給人的啓示，便是美麗的前瞻。

記得恩師當年贈諸生的〈楊柳枝〉詞云：「莫學深顰與淺顰，風光一日一回新。禪機拈出憑君會，未有花時已是春。」啓發我們，即使於冰雪嚴寒中，此心仍當是溫馨活躍的。還有他另一首〈菩薩蠻〉中的最後二句：「猶有最高枝，無妨出手遲」，則更是高人一等的境界，顯得一派謙沖與從容。

納蘭性德是我極爲喜愛的詞人。但他年紀輕輕的，偏多感傷之句。比如「一樣蛾眉，下弦不似初弦好。」讓人覺得，他總是「傷心人別有懷抱。」難道這正是他的不壽之兆嗎？

我卻更愛他〈臨江仙〉中的二句：「惜花須自愛，休只爲花疼。」花開了固然會謝，明春仍會再開。但我人生年有限。應當把惜花之心，來好好愛惜自己。因爲除了你自己，別人無法能幫助你在有限年光中把握生命，完成自我。正如花一般的，即使再短促，也爲人間散布芬芳。

大地已春回，萬物生機正旺盛，讓我們以「惜花心」體會「自愛」的意義，莫辜負上天賦予我們的「永恆之春」吧！

虎爪

今年是虎年，我陡然想起了我的虎爪。

那是整整六十年前，我九歲的時候，母親把它用紅棉繩拴了，掛在我的脖子上，我嫌它難看，又有點害怕，就把它塞進貼肉的粗布肚兜裏面。爪子尖有時刺到我，害得我夜裏做慌夢，就把它脫下來放在母親的針線盒裏了。

虎爪是怎麼來的呢？那是有一個大清早，我正跟母親跪在蒲團上念經，卻聽得一羣人擁到我家門口敲鑼打鼓地喊：「老虎打倒啦，打倒老虎啦！」母親和我都忍不住奔出去，看見幾個村子裏的壯漢，用一條木板凳扛著一條比狗大一點，滿身深淺黃條紋的山獸，放在我家大院子裏，那一定就是老虎了。牠趴著一動不動，眼睛緊閉著，血從肚子底下一滴滴流在水泥地上，牠已經被打死了。

母親連聲念阿彌陀佛，我不敢多看，回頭就跑進屋子了。卻聽一個壯漢對母親說：「老虎肉要嗎？吃了冬天不怕冷喲！」母親說：「不要！你們快走吧。罪過死了。」壯漢說：「什麼罪過，老虎最惡毒，會吃人的。」母親說：「你不去傷牠，牠也不會吃你的。」壯漢說：「太太，你太慈悲了，人都沒那麼好，別說畜生了。」母親生氣地說：「你們把虎扛走，要把我地上的血水沖乾淨，大清早的，怎麼扛來隻打死的小老虎，母老虎才不和你們甘休呢。」壯漢大笑說：「母老虎來了，再把牠打來，老虎皮、老虎骨都好値錢哪。」母親不想再聽下去，就進來了。

她跪在佛前，合掌閉目念往生咒，念了一遍又一遍。我心裏一直在想著那閉著眼睛趴著一動不動的小老虎。牠媽媽一定到處在找牠，一定哭得好傷心。

果然，後山的老虎，出沒悲號了好多天，村子裏再沒一個人敢去打牠，好多日子後，才不再聽到聲音了。

很多天以後，五叔婆卻從口袋裏摸出一隻小小的虎爪子，遞給母親說：「小春看見過那隻死掉的老虎了，我特地買來牠這顆爪子，掛在她身上，以後才會平安沒事。」母親呆呆地半晌才接過來，放在飯桌上。五叔婆走開以後，母親對我說：「虎爪是辟邪的，我把它用銀子鑲了給你戴。」我說：「媽媽，我不要戴虎爪，我好怕，一看見它就會想起可憐的小老虎，和失去孩子的傷心母老虎。」母親笑了下說：「你心腸這麼好，掛了它，就常常記得念經超度那隻小老虎吧。」母親的好意我不忍心違背。不久她眞的把虎爪鑲了銀托子給我掛上，我還是把它脫下來了。

出門求學時，我沒有帶著虎爪，它一直放在母親的針線盒裏。直到我畢業回到故鄉，母親已經去世，她的針線盒也不知去向了。整理她的衣物時，卻發現虎爪竟然和我的一件舊短襖包在一起，紅棉繩已剪短，拴上了一個小小紅緞包，打開一看裏面是一本小小的《心經》。想想母親一定還是記掛著那隻小老虎，所以把虎爪和《心經》拴在一起，求菩薩超度牠。母親又把它們和我的短襖包在一起，明明是不放心我隻身在外，要虎爪爲我辟邪，求菩薩保佑我平安。

母親遙遠的掛念，無言的祝福，我竟懵然不知。撫摸著小小的虎爪，我又想起那隻被殺害緊閉眼睛的乳虎，和終日悲鳴的母虎。我更體會到母親對我的擔憂該有多麼的深！

虎爪和小本《心經》，由於戰亂搬遷，再也找不到了。六十年爲一甲子，如眞有輪迴的話，那隻小老虎想來已業障早滿，轉世爲人了。但願在人世不要再有母子生離死別之苦。可是充滿憂患的人生，這樣的願望，要多麼有福的人，才能達到呢？

——七十五年六月

人造淚

前一陣子，老伴兒感到眼睛不適，請教醫生，說是眼球太乾燥，缺乏淚水的滋潤。給他配了瓶藥水，囑他每三小時滴一次，不久就可以好了。那瓶藥水叫做「人造淚」。

可是他滴了整整一星期，眼睛都變小了，卻是乾燥如故，昏花的老眼，連借來的淚水，都滋潤不了呢。

我勸他把心情放鬆，任其自然就好了。可是「人造淚」三個字，倒是第一次聽到。今天科學發達到可以呼風喚雨，人造這、人造那，都已不算稀奇，只是「人造淚」卻令人感到索然無味，而且殺風景。

眼淚是情人心中、詩人筆下多麼纏綿的字眼兒！連眼淚都是人造的、虛僞的，還有什麼意思呢？難道「淚眼問花花不語」的「淚」，「故國夢重歸，覺來雙淚垂」的

「淚」，不是從心底湧上來的嗎？影星們不會演戲的、不會體驗劇情的，要哭時才需要借助於洋蔥、萬金油。但催出來的，究竟還是自己的眼淚而不是人造淚呀！女孩兒心腸軟，最容易淚如泉湧。《紅樓夢》裏的林黛玉，動不動就哭得跟淚人兒似的，迷《紅樓夢》的，誰不愛林妹妹呢？

說實在的，哭是心理上、生理上最好的發洩。一個人如到了連哭都不敢哭，或欲哭無淚的地步，其處境之悲慘，可以想見。杜甫有詩云：「莫自使眼枯，收汝淚縱橫。眼枯即見骨，天地總無情。」在極權統治下，失去自由的百姓，不就是如此嗎？

中外古今的詩人，常喜歡將珍珠與眼淚相比。阿拉伯的詩人說，牡蠣在海灘上賞月，天使的一滴眼淚，剛巧滴落在牠心臟裏，變成了一粒晶瑩的珍珠。可見快樂的小天使，也會落淚，更別說人間煩惱多多了。盡人皆知的張籍的名句：「還君明珠雙淚垂，恨不相逢未嫁時。」她的眼淚，不也將在對方心裏，凝成珍珠嗎？白居易的詩：「莫染紅素絲，徒誇好顏色。我有雙淚珠，知君穿不得。」用紅素絲把淚珠兒穿起來，想像之美，不亞於現代詩呢。

很早以前，看過暴君焚城錄電影，那「多情」的國王哭了，他用酒杯接著眼淚，對他的寵妃說：「第一滴淚給你，第二滴淚給我愛子，第三滴淚給我的大臣——」想來是把寂寞深宮中的皇后忘得一乾二淨了。回來講給一位朋友聽，她笑了下說：「男人的眼淚是硬擠出來的，女人家的眼淚，卻是一生一世也流不完呢。」我偷偷看她眼睛似乎潤濕了，她偏偏說是被香煙薰的。

曾在一位溫文爾雅的牙醫診所壁間，看見一個鏡框，繡的如下句子：

Remember me in smile
If you remember me in tears
Then don't remember me at all!

纏綿的情意，使我想起兩句詩來：

心念君兮涕淚淋
願君思我兮笑語頻

中外二詩中所含的溫柔敦厚之旨，豈非不謀而合嗎？

醫生告訴我，這是知心女友從故鄉義大利為他寄來的。天天念著，使他對病人都格外能同情體諒了。愛情與文學之感人，是使一個人的心靈變得更美、更寬大，而不是自私和仇殺，這也就是我國傳統的《詩》《騷》精神吧！

由於外子病目所用的「怪藥」，引起我一些聯想。我再看看他茫然的眼神，笑對他說：「你是男兒有淚不輕彈，還是去滴你的『人造淚』吧！」

思鄉曲

「離家五百里」，這首美國民歌，我一直好喜歡，心情疲憊時，就會低低地哼起來。

在初中時，美國老師常常帶我們唱這首歌，她眼中也常常汪著淚水。我們一同唱，歌詞是英文的，我現試譯爲中文：

你如錯過我搭的那班火車
就知道我已經走了
你會聽到那汽笛長鳴
一百里，一百里，一百里……
我已遠離家鄉，遠離家鄉

遠離家鄉五百里，五百里，五百里……
我身上沒有一件襯衫，袋裏沒有一文錢
我不能回家，我不能回家
我就這麼走了，走了……

詞句是那麼簡單，音調是那麼低沈憂鬱。

在那古老的年代，離家五百里，已經好遠好遠了。如今是半個地球，朝發夕至，但遊子離愁，豈因時空而有異？

外子想起他家鄉也有一首離人唱的小詩：

離家五載，思親三黃
衣雲帶竹，帽海鞋江
日行千里，不出户房
若有便船，起早還鄉

我聽不懂，他慢慢給我解釋：

「三黃」是黃連、黃芩、黃芰，乃中藥裏最苦的三味藥，比喻思親之苦。「衣雲」

是棉襖已經穿破了，棉絮掉落下來，像一朵朵的雲花。「帶竹」是帶子斷了又結，結了又斷，就像竹子的一節又一節。「帽海」是帽子頂穿空了，帽邊緣一圈像個海。「鞋江」是鞋子底通了，鞋幫像條江。每天爲了賺錢生活，替人輾磨，即使走一千里路，也沒走出房門。最後說：若逢有便船，仍捨不得花錢搭船，而是幫著拉縴，還可以順便掙幾個錢回家。

可見當年農村的困窮，和百姓吃苦耐勞的精神。

這八句詞兒，比喻十分生動，意象尤爲鮮明，還頗有點現代詩的濃縮技巧哩。因此我愈念愈覺有趣味。想當年四川人用鄉音唱起來，一定也是非常沈鬱悲愴的吧！

古往今來，他鄉遊子，哪個不懷土思親呢？

我把這首有趣的小詩，和「離家五百里」那首歌，都稱之爲「思鄉曲」。

去不回

幼兒們喜歡自編歌兒，咿咿呀呀地唱，問他唱什麼歌呀？回答是：「我不知道。」要他再唱一遍，他一定愈唱愈起勁，但都不是一樣的調兒，所以幼兒的歌，叫做「去不回」，唱一遍就不會唱同樣的第二遍。

他譏笑我燒菜也是「去不回」，偶然在餐館或朋友家吃到別致的菜，回來就試著做。一做就「成功」，他吃得津津有味。只是第二次再做時，味道又不一樣了，他說：「你怎麼是個去不回，爲什麼不把食譜記下來？」我說：「記什麼食譜，中國菜全靠自己別出心裁的變化，何必死捧著別人的食譜，反倒英雄無用武之地了。」因此我那一道道「去不回」的菜，他也沒有不吃的自由。

細細體味「去不回」三個字，倒也頗有中國人「不回顧，不追悔」的人生哲理。後漢時的名士孟敏，買了個缽子，捧到半路，不小心掉地下砸破了，他連看也不看一眼就走了。引得郭林宗上前問他何以連看也不看一眼呢？他說：「鉢子已經打破了，看一眼又有何用？」郭林宗大爲欣賞，認爲此人有決斷，是個相當有修養的人。這個「墮甑不顧」的故事，是後人所津津樂道的。

後漢魏晉人物，其實都帶點表現清高的矯揉造作，喜怒哀樂，都得深藏不露，才見修養。在我們覺得，一個新買的鉢子打破了，惋惜地多看一眼，原是人情之常，孟敏的不顧，可能是做作的習慣成了自然，可能是有意引名重一時的郭林宗的注意。這是我以小人之心，度君子之腹，罪過罪過。但，無論如何，這個故事啓示我們，不要爲無可挽救的事懊惱傷神，卻是正確的。去不回，就讓它去不回吧！

可是有一種「去不回」，卻令人「不思量，自難忘」，那就是親人摯友的逝世，人天永隔，後會無期，是一份刻骨銘心的悲傷。那只有賴宗教信仰來寬慰自己。存一份希望：去了的人可以再見面，在天堂裏。

我驀然想起，將近二十年前，應邀訪問韓國，主人陪我參觀板門店，那個以三十八度線劃分南北韓，具有沈痛歷史意義的「觀光勝地」。美國軍官指著一條長橋告訴我，它的名稱是Bridge without Return，有去無回，照中國的意思，不就是奈何橋嗎？這是一條溝通南北的要道，但自從劃分三十八度線爲鴻溝以後，橋上就顯得一片淒清死寂，再也沒有熙來攘往的行人了。南韓老百姓走上這條橋，就是有去無回，失去自由，甚至失去生命，那才是眞正的「去不回」呢。

我們站在橋的這邊，望著陰森森的橋那邊，唏嘘久之。如當年杜魯門總統不下令把麥帥撤職，讓這位高瞻遠矚的元帥，直搗黃龍，長驅到鴨綠江，徹底消滅共軍，則世界局勢將整個改觀，何至有南北韓的分裂，又何至有中國大陸與自由中國臺灣的隔海對峙呢？

我曾去維吉尼亞旅遊，參觀麥帥紀念館，瞻仰這位世界名將的威嚴，數著數不清的，象徵他一生功業的勳章，除了肅然起無限崇敬之忱外，做爲一個中國人，心頭更有無限感慨。

歷史也是無情的去不回，麥帥英靈有知，眼看今日世界大局，智勇如他，恐也要自歎不能揮戈返日，扭轉乾坤，挽回錯誤，改造「去不回」的局面吧？

浩劫

中美洲哥倫比亞火山爆發，死亡兩萬餘人，其中有八千是兒童。電視上看到幼兒哭喊媽媽，而媽媽早已粉身碎骨，情景眞是悽斷人腸。有的孕婦在慌惶逃難中還產一嬰兒。看那在醫護人員手臂裏蠕動的小生命啊，他哪裏知道，自己硬要擠進來的是如此多災多難的悲慘世界呢？

救護人員無論是專業的或是志願軍，都在奮不顧身地搶救，可是埋在泥漿與倒塌房屋之下的，不知道有多少生命無法脫險，而在一分一秒地死去。有一個十三歲的女孩，他們花了六十小時把她拖救出來，卻仍因氧氣筒不及趕運到而死亡。火山在六分鐘內可以埋葬千萬生命，可是救護人員卻要以六十小時去救一個垂死的孩子而徒勞。人與天爭是多麼不容易啊！

一個安居樂業的城市，霎時間成了墳墓，如此空前浩劫，不知哪一位能解人危難指示人迷津以避禍趨福的「大法師」，對這兩萬多同時死亡者的命運，將作何解釋？今日的科學家們，對戰爭殺人利器的研究發明，精益求精。據報載科學儀器已可以預測對方軍事將領的腦子，他只要一動念即可予以控制或摧毀。我眞不知道，這究竟是防止還是助長殘酷的戰爭？如是助長，難道對天災的毀滅人類，還覺得不夠嗎？

科學家們發明了這許多殺人利器，怎麼就發明不出防止天災的方法呢？難道眞如《聖經》上說的，人類因爲不聽上帝的話，使他大爲震怒，宣布世界末日將臨，洪水猛獸將會吞噬全世界的人，到那時，上帝要來審判人類。可是如此玉石俱焚地毀滅這個世界，上帝未免有欠公平吧。再說，他即使再創造一個新的世界，再吹一口氣，變出亞當與夏娃，只怕夏娃照樣會偷吃禁果，逃出伊甸園。他們繁衍的子子孫孫照樣再犯罪，使上帝再煩惱，再懲罰。難道這就是天道循環嗎？想來上帝自己內心也充滿矛盾吧！

甘草

一篇談養生之道的短文，內容是勸人每天當有足夠的運動。否則「視多傷血，坐多傷肉，站多傷骨，臥多傷氣。」閱後不禁歎口氣，想想像我這種人，除了沒有「臥多」的福氣之外，其他「三多」，都無法避免，那也只好由它去傷血、傷肉、傷骨了。

談到「傷」，使我想起當山鄉郎中的外公，他的養生哲學來。他說：「怒多傷肝，語多傷神，哭多傷心。只有笑多，不但不傷，反而有益健康。」難怪外公鶴髮童顏，笑口常開。其實外公老境並不好，我舅父中年即病逝，舅母侍奉他也不怎麼周到。膝下又無孫兒孫女。他每年除了隆冬天氣來我家過年外，其他日子總是四出爲鄉鄰治病，以濟世活人爲樂。

我曾問他：「外公，您都給病人吃些什麼藥呢？」

他呵呵地笑答：「甘草呀！」

於是外公就給我講了個甘草的故事：

有一個鄉村老醫生，到別處治病與採藥去了。家裏卻一下子來了好幾個求醫的鄉人。他太太慌了手腳，一時想起後院的一堆乾草，好像是她丈夫從山上採回來的，就無論地抓幾把，包給他們說：「這就是他留在家裏的藥，你們先拿回去泡茶喝吧！」鄉人拿回去一喝，果然病情都減輕了，有的還完全好了。老醫生回來，太太告訴他這件事，他大吃一驚說：「就算那些草能治病，但各人病情不同，你這樣做好危險啊！」他連忙親自到每家去探望，問明每個人的病情，有的是喉頭痛，有的是咳嗽多痰，有的是胃部不適，有的是濕熱不退。而服了他太太給的「藥」，居然都好了。

他回來再把那一堆丟棄的乾草仔細分析研究，才知道這種草對許多病都有功效，而且藥性溫和，有利無害，因此他就把乾草改名為「甘草」。

外公說完故事，從口袋裏掏出一個小布包說：「這就是甘草，讓你嚐嚐。」他打開包，撮一片塞在我嘴裏，一片放在自己嘴裏。那味道是苦苦甜甜的。外公說：「甘草可治百病，也是藥引子。醫生開方子，總要加一味甘草，一來減少藥的苦味，二來增加藥香，三來甘草溫和的藥性，有調節各藥之功。」

最後，他又笑咪咪地說：「那個老醫生的太太給病人服的是甘草，我給沒有病的病人服的也是甘草。安安他的心，病就好了。你爸爸不是念過兩句詩：『因病得閒殊不惡，安心是藥更無方』嗎？」

我馬上說：「爸爸說那是蘇東坡的詩。」外公說：「那麼我就算蘇西坡吧。」

外公講的故事，不就是現代人所謂的心理治療嗎？

幾十年來，我也一直非常喜歡甘草，有時放在口中一片，慢慢嚼著，眞有生津止渴，緩和緊張情緒之功。在臺北時，吃楊桃、蓮霧等水果，尤其少不了蘸甘草粉，可去其酸澀之味。吃到嘴裏，清涼到心裏。那苦苦甜甜的滋味裏，包含了多少溫厚親情啊！

「亭子間」歲月

「亭子間」是上海弄堂房子的特別構造，三樓三底的房子，在每層樓梯的轉角處，都有一間自成單位的小房間。富裕點的家庭，以之作爲小孩子書房或女傭臥室。精打細算的主婦，往往拿它出租給單身女子。甚至自己退居亭子間，將正房出租。一般的印象是，住在亭子間裏的女人，多半是精明幹練，獨來獨往，身帶鑰匙，往廚房後門進出，絕不干擾正房房主或房客，也絕不與人交談，生活多少帶點神祕性。她們的身世，寫出來也許是一部血淚史，上海人對住亭子間的女人，給她們一個專稱，叫她們「亭子間嫂」。

我在上海求學時，也一度住過亭子間。那是和一位最知己的同學同住，房子是她姊姊的。我住了一年，沒有收我一個子兒房錢，且視我如親妹妹一般。我和同學每天同出同進，下課回家，都帶些最愛吃的零食，擺滿一書桌，躺在牀上，邊吃邊談邊聽唱片。我有時還喝點甜甜的葡萄酒，抽幾根香煙。我們又唱歌又吟詩，眞覺「亭子小如斗，我心寬似天。」那是一段最最美好的時光，對同學們，有時也戲稱自己爲「亭子間嫂嫂」。

到臺灣初期，沒有配到公家房子，婚後就住在辦公大樓底樓一間由公共浴室改造的小屋裏，面積比上海的亭子間大不了多少。壁間年久失修的水龍頭，滴水涓涓。黃梅季節還潮，每天以乾布擦磁磚牆與水泥地的「汗水」，倒也是一項好運動。我們掛起綠窗帘，籠上紅紗燈，那一份溫馨，那一份屬於自己的寧靜小天地，眞感「南面王不易焉」。偶然打開房門，有同事經過，都要駐足讚美一番。他們說這裏原是一位工友住的，十分髒亂，驚奇於我們的化腐朽爲神奇。我們也得意地自題蝸廬爲「水晶宮」，蓋長年潮濕也。並曾作小詞記趣：「金風玉露，一年容易，心事共君細訴。米鹽瑣事費思量，已諳得人情幾許。半歲三遷，蝸廬四疊，此際酸辛無數。水晶宮裏醉千杯，也勝似神仙儔侶。」

那是一段最最値得懷戀的歲月。以後漸漸由公家配屋，到自己積款分期購公寓樓房，每感對房子有不滿之處時，立刻會想起侷促於「水晶宮」中的簡陋生活，陡覺眼前的房子，有如天堂一般美好，因而深悟知足常樂之道。

四年前因探望兒子，一度來美作短期停留，由友人介紹分租一間如亭子間似的小屋，做了一個月零五天的三房客，在我心情上，那是一生中度日如年的最苦惱時日。第一是環境太髒，日間螞蟻，夜間蟑螂成羣，造成心理威脅，難以成眠。第二是交通不便，外出辦事購物，總有「跋涉千里」「踽踽獨行」的孤悽之感。加以兒子當時不能上體親心，乃決然提前束裝歸去，投奔老伴。才深深體會到老一輩人歎息「一牀兒女，不及半牀夫」的那句話。

那一個月的「亭子間」生活，是我最不願回想，卻又拂之不去的記憶。因而想起上海人譏諷單身女子的「亭子間嫂嫂」，她們孤孤單單地出沒於小小天地間，沒有親情、沒有友誼，「亭子間嫂嫂」五字，包含了多少酸辛？想想芸芸衆生，誰不在悲哀中噙著淚水呢？

前後三十年

老伴睡眠不太好時，就會歎息地念起來：「前三十年睡不醒，後三十年睡不著。」我說睡不睡得著，全是心理作用，與年齡無關。正如有的人晚上不能喝咖啡，喝了不能入睡。而我們呢，咖啡反而是催眠劑。他說一點不錯，心情輕鬆最要緊。於是就念起六祖慧能的偈來：「飢來吃飯睏來眠，如此修行玄更玄。說與世人渾不解，卻從身外學求仙。」

說實在話，他是個性情比較灑脫的人。別看他做事一板一眼，認眞謹愼，對世事人情，卻比我想得開。我們閒話家常時，他動不動就以濃重鄉音，念出四句諺語，問他出典，就說是「增廣」上的，是什麼增廣呀？他才說：「是增廣昔時賢文，簡稱增廣。」我說：「任何書都可增廣，增廣如何能代表書名？」他連連搖頭說：「你不要在芝麻綠豆事兒上和我辯個你輸我贏，我再念些增廣上的給你聽，『前三十年子敬父，後三十年父敬子，你懂嗎？』」我當然懂，兒子小時尊敬父親，長大了有成就，做老子的得尊敬兒子啦！他又念：「『前三十年看父敬子，後三十年看子敬父。』只多個『看』字，意思就不一樣了，你懂嗎？」我想了下說：「懂是懂，可惜這都是多少個三十年前的社會情態了。」時至今日，有多少兒子尊敬老子，又有多少人看在兒子份上尊敬老子的呢？還不如母親當時看得開，她說：「管它前三十年，後三十年，反正一代歸一代，茄子拔掉了種芥菜。」

這倒正合乎今天親子之間的淡薄觀念呢！

藤蘿與樹

好友時常與我在電話中長談。談著談著，就會逗起滿腔愁風愁雨的心事。在先生們看來，這都是不必要的牽腸掛肚，在多感的女人看來，卻是剪不斷、理還亂的一份無奈。

她說了一句非常貼切的比喻：有的樹上附有藤蘿。看去可增加樹的古樸姿態，可是藤蘿繞樹，是永遠擺脫不了的糾纏。樹長多高，藤蘿就有多長，藤蘿一定是樹的煩惱。

人生一世，就像一棵樹的成長，春去秋來，葉長葉落，傲岸於風中雨中，兀立不移。藤蘿一直依附著它，它默默地承受著藤蘿的困擾，而且枝葉與藤蘿的葉子分不清，藤蘿已成了樹的一部分，正如煩惱已成了生命中的一部分，揮之不可去了。

但是，有人告訴我，藤蘿附樹，並沒有絲毫傷害樹木。相反地，藤蘿吸取的雨露陽光，也滋潤了樹幹。藤蘿更爲樹木承當昆蟲的侵襲。

如此看來，煩惱對人生原是一份歷練，甚至是一帖滋補劑。那麼就讓藤蘿與樹，永遠的難解難分吧！

一天與一世

過去自己捲頭髮一向很順手，這次捲出的髮型卻像個木瓜頭，對著鏡子愈看愈不順眼。他站在後面只是笑。我生氣地說：「你是一種幸災樂禍的心理，太不應該了。我替你理髮，不小心剪個缺口，你就一直念，不是也不滿嗎？」他說：「不要生氣啦，頭梳得不好，只不過一天的事，丈夫嫁不好，才是一生一世的事。」

這是我家鄉的一句老話。母親當年常常說的。母親每天家務忙，一把青絲都只快速地挽個簡單的螺螄髻，有時對著鏡子看看，也會自言自語地說：「頭梳不好是一天的事，男人嫁不好是一生一世的事。」五叔婆就會笑她自譬自解。

這句話，已不適合今日的社會情態了。如今的少男少女，對婚姻並不看得很嚴肅，二人興趣相投，可以同居、試婚，意見不合可隨時分手。結了婚的可以離婚，離了婚的也可以再結，婚姻給他們的快樂或痛苦似乎並不是一世的事了。

可是話又說回來，他們在婚姻上受了挫折，儘管表面上雲淡風輕，內心仍然會烙下很深的傷痕，不然的話，父母不會爲兒女婚姻憂心忡忡。美國的單身婦女俱樂部，會員們不會有那麼多相互傾吐的心事了。足見一天裏的男貪女愛，與一生一世的相依相守，心靈深處的感受是不同的。還是把婚姻當嚴重的終身大事看吧！

愛的執著

我有一位同學，才華甚高，文學、美術，都有很深的造詣。她夫妻感情，老而彌篤。她作畫時，老伴兒總守在邊上看她畫，畫好後由他品評一番，便覺樂在其中。她不開畫展，也不送朋友畫，她說她的畫是給老伴一個人欣賞的。

不幸老伴因心臟病去世了。當天上午，她正畫好一幅國畫，是一枝春花，枝上停一隻畫眉鳥，她丈夫說：「鳥應當是一對，怎麼只畫一隻呢？」她打算過一會兒再給添上一隻鳥，卻就在那一剎那，丈夫病發，很快就逝世了。那一幅畫上的畫眉鳥，永遠只有孤零零的一隻，她無心再給添成一對，就這樣一直掛在牆上。

有一年我去探望她，她給我敘述這段傷心的故事。可是她已不再流淚，她只覺老伴仍時刻在她身邊。我觀摩了她滿屋琳瑯的畫，水彩、素描、國畫全有。我不懂畫事，只覺得她的生活豐富，天地廣闊，心情溫暖，尤其是她速寫孩子們幼年時玩樂的小品，眞是傳神之至。

在她畫室中，我要求她能否畫一張簡單的畫送我留紀念，她卻搖搖頭說：「請你諒解，我對他說過，我的畫只給他一個人欣賞，不送給任何人的。」如此執著堅貞的愛，我當然只有諒解，於此際，我也悟到友情與愛情的不同。

兩心相照

一位遠房的叔祖母，中年以後，視力漸漸退化而至雙目失明，不久雙腳也因瘋癱不能行走。唯一的女兒遠嫁他鄉，無法回來伺候母親。叔公對叔婆的照顧，眞可說做到衣不解帶的地步。他每天餵她吃飯，背她出來，坐在廊簷下曬太陽。自己坐在一邊講古典、唱小調給她聽。

鄉下的老屋，裏面本來就黑洞洞的，大清早與黃昏，更是漆黑一片了。奇怪的是叔公在屋裏做事，進進出出都不點燈，卻能行動自如，決不致碰來碰去。鄰居問他爲什麼不點燈。他說：「我的妻子眼睛瞎了，點燈不點燈對她都一樣，我若是爲自己點燈，心裏就過意不去。不如也摸著做事，覺得與她完全一樣，才安心。因爲她腿沒癱以前，都是摸著爲我做飯洗衣服的。」

中國古典文學中，描寫愛情的詩詞不勝枚舉。我特別喜愛的兩句是：「但得兩心相照，無燈無月何妨。」老年夫妻，恩愛彌篤。他們彼此心心相印。眼睛失明了沒有關係，口不能言了，也沒有關係，因爲他們是以心靈相對望，以心靈聽對方的語言，這才是眞正的兩心相照；沒有月亮，沒有燈光，心靈仍然是一樣的明亮。

財富與愛情

有一位富有的朋友告訴我，由於她的示範、她的勸誘，使一個年輕女孩作了正確的抉擇，找到眞正的幸福，她心中非常安慰。

那個女孩子當時有兩個男朋友，同樣的有才學、有風度，不同的是一個較年長，已在事業上有基礎，擁有相當雄厚的財力；一個呢！正在起步，尙得經過一段艱苦奮鬥。在感情上，她比較傾心於後者。但面對現實，她又感到現成的物質享受，也未始不是幸福條件之一。

在難以爲終身大事下決心時，她來向這位既有財富又有愛情幸福的年長朋友請教。朋友誠懇地對她說：「你眼看我今日的富裕，是我們不勞而獲、坐享其成的嗎？我們原是白手起家，中間經過多少艱辛與波折，才有今天安穩的日子。而我們之所以能於艱難困苦中，幾經打擊而不倒，實由於我們同心一力的堅貞愛情。我們攜手奮鬥，彼此依賴，互信互助，我們有同樣的責任心，有同樣的道德觀。爲自己奮鬥，也協助別人度過困難。金錢的財富是不足恃的，愛情、友情才是永恆的財富。盼你好自深思，好自選擇。」

不久以後，她收到女孩的粉紅喜帖。她急急打開一看，新郎是那位她更傾心的，卻還沒有經濟基礎的青年。裏面附有兩句話：「阿姨，感謝您的指點，我相信自己的選擇是正確的，因爲您是我們的好榜樣。」

成就感

我有一位年輕女友是當美容師的，最近她特地爲我到府燙髮。在鏡子裏看她一雙巧手，把我一頭亂絲調理得服服帖帖，髮型一好，精神也振作了。她高興地說：「阿姨燙髮以後，起碼年輕十歲呢。」我誇她也像醫生一般，能夠妙手回春哩！

她說在美容院工作，一天站到晚，固然辛苦，但看到顧客們經她修剪頭髮以後，一個個容光煥發，和進門時相比，判若二人。她們「照花前後鏡」一番，滿意地給她小費。她眞正高興的還是內心有一份成就感，也使她忘了一天的疲勞，歡歡喜喜下工回家，打開冰箱，取出菜來燒了可口的晚餐給先生吃。看他吃得津津有味，又有一份成就感。儘管先生偷懶不洗碗，她也就原諒他了。她眞是個懂得生活的好女孩子。

最近又收到一位八十四高齡前輩老友的信，告訴我近年來工作愈忙，精神愈佳，畫國畫，無論山水花卉，都大有進境。尤其是最喜愛的荷花竹子，於揮毫著墨之際，深深體會得花木中剛柔互見之美，也給了她好多微妙的啓示。朋友們勸她開畫展，她說：「我每完成一幅畫，就有一份成就感，又何必開畫展呢？屋子裏琳瑯滿目的畫，朋友來欣賞了，不就是畫展嗎？」

這兩位朋友，一老一少，年齡相差將近六十歲，可是成就感給她們的快樂是同樣的。

永遠的微笑

半個世紀以前，紅透半邊天的影星胡蝶與阮玲玉，是我們中學女生最最傾倒崇拜的明星。只要積點零錢，就是買她們的照片，彼此炫耀。有她們主演的片子，非看不可。雪花軟糖上貼有她們的照片，都當寶貝似的，積起來彼此交換。總想有朝一日，能與她們握下手，拍個照，才能了卻平生之願。可惜阮玲玉早早自殺而死了。

胡蝶有一部電影是「永遠的微笑」，與龔稼農合演的，只記得最後一幕是龔稼農身爲嚴正的法官，不得不判胡蝶——他的愛人有罪。胡蝶聆判後欣慰的微笑，令人永遠難忘。尤其是她面頰上那若隱若現的酒窩。

不期到臺灣三十年後，我在友人家見到胡蝶，她已七十餘高齡而風韻依舊，談吐文雅而幽默，我與她緊緊握了手，拍了照，總算償了宿願。我不久就邀她在舍間小聚。鄰居們知道了，都來一覩風采，她笑咪咪地說：「看一看五塊錢，年輕時要十塊喲，現在老了只要半價。」大家都笑了。問她駐顏之術。她說：「很簡單，只要開心地笑，不生氣就不會老。我先生有時會生氣，我就拿面鏡子給他照，問他那張拉長的臉孔好不好看，他也噗哧一下笑了。我看他馬上就年輕了。」胡蝶眞是位懂得生活藝術的藝人，她才能保持永遠的微笑呢！

愛犬艾瑪

曾看過一部電視長片，是一個盲人復明的故事。她本來一直依賴一隻忠心耿耿的愛犬艾瑪帶路，每天安全地去上課、購物，生活得和正常人一般。後來醫生告訴她眼睛動手術有復明希望，她反倒猶疑了。因爲她平靜的心情，正習慣於原來的生活，生怕一旦面對陌生景象，會使她感到幻滅，她寧可把美好留在想像中。她的好友勸她說：「你有勇氣排除目不能視的不便，爲何沒勇氣迎接光明呢？」她笑笑說：「我覺得有艾瑪就夠了。」

但最後她還是接受勸告，手術幸運地很成功，她重見光明時，當然第一眼看到的就是那位好友和旦夕相依的艾瑪。她緊緊摟著牠說：「艾瑪，我好愛你，雖然你不用再爲我帶路，但我要你永遠陪在身邊。」

他們一同去上班，一同去公園玩樂，日子過得好幸福。可是有一天，她看到一個盲人蹣跚地走過鬧區的街心，差點被車撞倒，手裏的紙包食物撒了一地。她連忙過去幫忙撿起，照顧她坐在公園椅子裏，望著盲者一臉驚惶無助的神情，再看看自己手中牽著的愛犬，她心中默默地做了最大的決定。輾轉了一夜，她抱著愛犬，喃喃地對牠說：「艾瑪，你知道我多麼愛你，多麼捨不得你，但你教了我如何愛別人，如何幫助別人，如何信賴別人。艾瑪，現在那位盲人比我更需要你，我不得不讓你去陪伴她，艾瑪你去吧！」艾瑪，也像要哭的樣子，依依地被她朋友牽走了。

看了真感動。如多有這類散佈愛的電影，社會也可能多一點祥和之氣吧！

母愛的故事

在不同的篇章裏，看到以下的幾則故事，一直在心中念念不忘：

有一種小蟲，在排卵之前，會故意爬到泥土表面顯著的地方，讓鳥兒將牠啄食，吞下肚去，蟲兒死了，卻把卵產在鳥肚子裏，不久隨糞便排洩出來，原來這種蟲卵，是必須在鳥的糞便中才能孵化的。蟲兒爲了延續下一代而犧牲生命。多麼悲壯啊！

有一條蛇，被人打得奄奄一息，那人回去拿畚箕來掃除時，蛇卻不見了，他沿著地上的黏液找去，卻發現蛇拖著垂死的身軀，掙扎爬回洞去，把卵產在洞口才安心死去。那人後悔不該殺牠卻已來不及。因爲卵無母蛇，也孵化不出小蛇了。

春天的泥鰍，滿肚子都是子，把泥鰍放在油鍋裏煎時，牠們會將腹部高高弓起，在與死亡掙扎的最後一秒鐘，牠還想保住腹中的兒女，你忍心吃泥鰍嗎？

別以爲魚類不懂得愛護子女，或吞食魚子。有一種魚，在母魚產卵時，公魚會游在牠的下面，張開嘴，讓卵下在牠嘴裏，然後與母魚輪流地含著卵，直到小魚孵化出來。人們常說有魚子的魚最好吃，看了這則故事，眞慚愧人類為貪口福之樂，要殘殺多少生靈啊！

自然界任何微小的生命，都有綿延子孫，愛護兒女的本能。殘忍的人類，卻剝奪了牠們生存的權利。看了這些悲劇性的「愛的故事」，才深悟大慈大悲的佛，愛惜所有的生靈，勸人戒殺茹素，意義實在深長。據說動物在被宰之時，由於恐懼，渾身會分泌一種毒液，那麼我們吃動物的肉，能對健康有益嗎？

參與感

他下班回家，一跨進門，就連聲喊，肚子餓扁囉！我連忙端給他一碗溫溫的薏仁紅棗湯，讓他先點一下飢。同時卻把一紮碧綠的菜花，擺在他面前。他奇怪地問：「怎麼，要我吃生菜花呀？」我說：「要你喝完薏仁湯，換了衣服，幫我把菜花外面一層皮撕掉，那樣炒來才嫩呀。」他連連搖頭說：「這個我不會，我只會摘豆芽菜的根。」我大笑說：「摘豆芽也是不久前剛學會的。記不記得剛來美時，好友看我們冷鍋冷灶的，邀我們過去吃飯，她們姑嫂加上鄰居太太，三人，花了一小時才摘了一碗豆芽，被你三口兩口吃光了，連聲誇豆芽好嫩，她們才告訴你摘得有多辛苦。從那以後，你就心甘情願幫我摘豆芽，現在你又喜歡吃菜花，所以也要你撕外面的皮，事非經過不知難，也讓你知道主婦一頓可口的飯菜是怎麼燒出來的。」

他連連點頭表示願意接受訓練。我在切肉絲做其他菜時，他一直在邊抱怨菜花老，邊叫指甲痛。好容易等他慢條斯理把一紮菜花摘好，晚餐已經比平時遲了半個多小時。可是這餐飯他吃得特別津津有味，覺得自己摘的菜花特別鮮嫩，卻不誇我火工好，油鹽加得恰到好處。最後他說：「以後我一定每天幫你摘菜花或豆芽，享受一份『參與感』的樂趣。」

貓緣

在臺北住公寓時，鄰居一隻貓，被搬家的主人所遺棄，牠挺著大肚子，在風中雨中流浪。每回我走出陽臺，牠就會仰起頭來對我叫，叫得我好不忍心，就在自己家門口擺一碟飯，一碟水，讓牠自由從下面大門進來吃，有好多天牠忽然不來了，想牠一定是找個安全地方生小貓去了。再過些日子，牠竟然啣了一隻隻的小貓，擺在我房門口，牠明明是要我負起照顧責任。我只好用個大紙盒墊了舊毛巾讓牠母子四個有個溫暖的窩，但只能放在樓梯通道我的房門外，並在牆上貼張紙條，請小朋友們不要驚擾牠們，多多愛護，因小貓不能沒有媽媽。

漸漸地，小貓長大了，到處的爬，跌下樓梯就會摔死，大樓管理員又提出抗議，不讓我再擺。我只好把牠們移到四樓一個角落，用木板欄起來。四樓的鄰居是位小學老師，非常慈愛，也幫我照顧牠們，並在班上問小朋友誰願收養牠們，全體小朋友都舉手，看來我的小貓還不夠分配呢？可是第二天，全體小朋友都說不能要，因爲媽媽不同意。媽媽們都太忙，沒時間照顧小貓。我只好託一位文友在她的專欄裏寫篇文章，徵求貓主，才幾天就有位幼稚園園長親自開車來接收母子四貓，她說院子很大，可以養牠們，和小朋友們玩，找到這樣愛貓的主人，眞是幸運。

後來知道那位園長的母親是位虔誠佛教徒，時常請名家到她那兒，在禮堂講佛理，我也去聽過兩次，眞是一份因貓結下的善緣呢！

酸辛慈母心

一位年輕媽媽來信說：「孩子未出生前，天天盼望快點生，孩子出世了，餓了就哭，尿濕了又哭，一夜要起來無數次，又眞想再把他塞回肚子裏去。這時才體會做媽媽的辛苦，才知道母親的兩鬢飛霜和額上的皺紋是怎麼來的。」養子方知父母恩，眞是一點不錯的，但可歎的是有些人連養了子女仍不念父母恩的，世間怎麼會有知道疼兒女而不知道孝順父母的人呢？

還有個朋友來信說：「我天天抱著孩子，邊走邊搖，朋友都勸我別把孩子寵壞了。我卻想，把他擁在懷中，心貼心的日子並不會太長，我還是盡量的寵吧。」她又說：「看著孩子一天天長大，心裏安慰，可是眞長大了就不會天天黏住我，又寧願他慢慢長了。這種心情，不知是否每個母親都有？」我給她回信，一時停筆寫不下去。因爲我又想起另一位傷心的母親說的話：「我兒已將三十了，目前尚未娶妻。他需要你時像兒子，不需要你時像路人，反對你時像冤家，極少的時候才像朋友，但我仍極珍惜那像朋友的片刻時光。」聽了眞心酸。這才是古語說的：「兒女是債，有討債，有還債，無債不來。」能認定是債，也就無怨無艾了。想想自己，又何曾報答父母恩呢？

一位美國友人對我說：「孩子幼時踩在你腳尖上，長大了踩在你心尖上。」我想，有一天連心尖都不再感到疼痛時，也就可以瞑目了。

婆媳之間

最近與闊別多年的老友歡聚，她談起與年將八十的婆婆相處得一直非常融洽，問她有何祕訣，她說很簡單：只「坦誠」二字，彼此就都無居心了。她記得初為新婦時公公對她的父親誇她賢慧，說他教女有方。他感慨地說自己早年喪偶，一生戎馬倥傯，女兒隨他奔波，未學到烹調女紅，如果他女兒賢慧，當歸功於公公婆婆的教導。兩親家的謙讓，充分表現了上一代的美德。

我有位姑婆，是山鄉地方聞名的賢淑女性。她走路斯斯文文，說話輕聲細語，從沒聽她大聲斥責過小輩。她一兒一女都非常孝順，媳婦視婆婆似母親。有一年，我見到她，請教她對女兒與對媳婦是不是一樣心情，她笑咪咪地說：「待媳婦要疼得深，對女兒要教得嚴。因為媳婦嫁進來，起初是個陌生家庭，婆婆不疼她，她感到孤單，兒子就是她唯一知心人，婆媳之間日久就愈來愈生疏。許多人歎娶了媳婦，丟了個兒子，其實都是做婆婆的不夠疼她。女兒是要嫁出去的，在母親身邊，沒學好禮數，做了媳婦就難得婆婆歡心了。」姑婆幼讀詩書，眞是位賢德的母親。可惜她的教誨，在今日小家庭制度的社會形態，已經用不著了。可是我回想起她一家融融洩洩的溫暖親情，實在是不勝懷戀，也不勝今昔之感呢。

奶奶

一位老太太，到國外探望兒女。一歲的孫兒，望著陌生的婦人，踟躕不前，媽媽叫他喊「奶奶」。他恍然奔去打開冰箱，取出奶瓶，遞給「客人」，嘴裏喃喃著「奶奶」。

幸運的是他會說中文「奶奶」二字，而牛奶又是他最愛吃的東西。後來他知道這位慈祥的客人，就是他爸爸的媽媽，他的祖母，他得喊奶奶。他一下子就黏上她，祖孫二人就分不開了。因爲奶奶比媽媽還疼他，什麼都依他，奶奶是天下最可愛的人。可是奶奶住一陣子要回國了，孫兒哭得好傷心。

三五年後，他長大許多了。父母親帶他回國，他又見到奶奶了。這回，他懂得有禮貌地喊她奶奶，不會把奶瓶當奶奶了。但他已有自己的遊伴與遊樂方式，不再黏奶奶了。奶奶也覺得他長得跟小大人似的，健康又老練，心裏好安慰。機場送別時，孫兒眼晴望著熙攘的人羣，和奶奶擺手說再見，奶奶心中如有所失。

十年後，奶奶再度到美探親，孫兒是滿口英文，對奶奶說聲「嗨」，就與同伴呼嘯而去。兒子媳婦上班以後，她感到有點冷清清的。還是捲起袖子，揉麵粉做菜肉包給兒孫們吃吧，眞正的家鄉味哪！

回國後，她笑對老伴說：「孫兒把你當奶瓶時，是做祖母快樂的好日子，但再怎麼說，與吵吵鬧鬧的老伴兒相依相守，才是最幸福的。」

鄰居瑪莎

我的鄰居瑪莎，是一位七十五歲的老太太，她和藹熱心，與社區每位住戶都很談得來。無論是日本人、韓國人、中國人，即使言語不能完全溝通，她都樂於交往，也希望知道各國不同的國情習俗。我就把她能看的中英對照的《光華》雜誌、《筆會季刊》借給她看，也把已看過的《讀者文摘》、《女性》雜誌等和她交換看。她閱讀興趣廣，談鋒又健，與她談天，可以多多了解美國老一代的思想，和他們對今日社會形形色色的感慨。

有一次，我把自己的兩篇經別人英譯的作品給她看，一篇是寫一件舊毛衣的滄桑史，一篇是我童年時代一個情同手足的好友的悲劇故事，她把文章還我時懇切地說：「我一邊看，一邊流淚。因爲我也有一條母親爲我鉤的毛毯，孩子一個個長大，毛毯已破得不能修補，如今已只剩下零零落落幾塊了。我童年時也有許多好友，我們從義大利移民來美後，就都分散了。但每次翻開照片本，就非常想念幼年時，母親一手抱一個，擁在懷中的孩子——我和我的鄰居小朋友。」

她一生在此安居樂業，但仍不免懷念舊友舊地。可見「人情同於懷土，豈窮達而異心」啊！

她搜集了很多雜誌與廣告上的優待券，細心地一張張剪下來，問她幹什麼要那樣多優待券，她說和她妹妹一同開車送給養老院或醫院，讓他們多享受點便宜貨品，同時剪券時使自己手指多多活動，不致僵硬。她的熱心，和時時保持活力，非常令人感動。

太空菜

有位朋友的先生，是太空科學家。他在潛心鑽研自己的專門學問以外，卻對烹調術有濃厚興趣。他那一手色香味俱佳的菜，不遜於任何名廚。朋友們都樂於到他家大快朵頤，戲稱他的菜爲太空菜。請教他做法，他指點得又簡單又有情趣，聽了馬上就記住。不像報上的食譜，幾匙醬油、幾匙糖，看得人心煩。他太太卻不要聽，甚至埋怨他的中國菜，把孩子們的口胃慣壞了，害得她在先生出差時慌了手腳。她自己呢？爲了節食，不進早餐。先生偏偏每天變換各種早點，催她起來吃。她爲了避免引誘，故意遲遲不起牀。有一天，她鄭重地對他說：「你再逼我吃早點，我就要跟你離婚了。」丈夫只好笑而作罷。

她將這事講給鄰居太太聽，鄰居歎口氣說：「我丈夫卻對我說：『你再不起來給我做早點，我就要跟你離婚了。』」她聽了百思不得其解，天下怎麼會有這樣懶的丈夫，連太太的早點都不管。

她先生有次應邀到別處出席太空會議。上飛機前檢查手提包，他告訴檢查員那是科學儀器，檢查員邊點頭邊提起一瓶萬家香醬油問：「這也是儀器嗎？」他笑笑說：「是一種重要的溶液，工作時不可缺少的。」

會議將完時，他忽然不見了。待大家走進餐室時，卻見他圍了圍裙，端出香噴噴的辣子雞、陳皮牛肉來，那一瓶「重要的溶液」，已經被他派上用場了。

長駐的青春

我應邀初次來美訪問時，在一位志願接待我的美國朋友史德格夫婦家作客，他們已是六十開外的人，卻帶我去拜訪他七十高齡的姐姐。車子在門口停下時，老太太從後院一躍而出，光著一雙腳，濕漉漉的手伸來和我相握，原來她正在後院澆花。她熱誠地拉我進屋，口若懸河地向我介紹她客廳中的寶物：鋼琴是她每天必彈一曲的，古董花瓶中的鮮花是每天必換的，相片本上的照片是一天天在增加的……她指著鋼琴上小鏡框中一張少女照片，叫我猜是什麼人，「聰明」的我，居然從老人喜悅興奮而透著青春的眼神中，猜到少女就是她本人。她得意地拍著雙手，又親了我一下說：你猜得一點不錯，那是我二十歲時演歌劇蝴蝶夫人時的照片，時間已過去五十年了。她說話時面泛紅光，一點也沒有惆悵的神情，我立刻將她和她的少女時代合拍在一起，把半個多世紀的人生歷程，濃縮在一張相片中，連時光的隧道都不必穿越了。

欣賞了琳瑯滿目的家族相片之後，她又引我進她臥室，牀邊一個大籃子裏是她的毛線手工，她要結毛線來活動手指。窗邊書桌上是她愛看的書，其中一本正是我也喜歡的《小婦人》。我頓覺這位老太太年輕時一定像極了爽朗熱情、活力充沛的二姐卓，一問她果然最愛卓。然後她把小几上一個精緻的金邊小鏡框拿給我看，說：「你是寫小說的吧，這樣東西送你當禮物，一定會給你靈感。」我一看裏面是壓乾的花葉，擺成美麗的圖案。她說：「是我採了院子裏的花做的，我把春天留住了，你看多好啊！」眞不能相信一位年將八十的老太太有如此詩情畫意的雅興。她還告訴我，院子裏花草都是自己每天照顧，並採下盛開的花朵，開車送給附近醫院的病人，分給大家一點快樂，解除他們的愁悶。

她愈說愈有勁，童顏鶴髮，有如東昇的旭日般，予人以無限溫暖。

花的啓示

有一位美國老太太，在她丈夫去世之初，曾一度非常消沈，過了一個隆冬，當春陽解凍，她獨自徘徊在院子裏，看見丈夫手栽的花木重新從冰雪中冒出嫩葉時，她忽然感悟到冬去春回的意義。她立刻回到屋子裏，打開那架古老的音樂盤，放起她和丈夫每晚必聽的心愛歌曲，她覺得春天回來了，丈夫也回來了，而且一直會在她身邊。她竟放聲唱起少女時代唱的情歌來。一天天快樂起來，而且比以前更健康。她寡居了將近二十年，一直保持著充沛的活力與興趣，不但照顧自己，還照顧左鄰右舍。她成了他們精神上的支柱。

我眞是由衷的欽佩和感激。晚間，她打開音樂盤，放出古老的音樂。原來盤子上全是長短參差的釘子，旋轉時碰到針，就發出沈靜的叮叮咚咚之音，帶我們回到單純淳樸的古老年代。

她說她時常的聽，體味父母親時代的古老好時光。她也時常要兒孫們共享心田的歡樂。

好一位境界高超的老人啊！

鴛鴦手套

買了雙廚房洗刷用的橡皮手套，打開來，卻發現兩隻都是右手的，不免很懊惱，去換吧，好遠一段路，非得他開車才能再去，看他那麼累，實在不忍再麻煩他，（在這種情形下，就恨不得馬上學會開車。）可是不換又等於作廢。

他看我望著手套發楞，一聲不響地跑到樓下車庫裏，提上一個塑膠袋，遞給我說：「喏，給你配成雙。」我摸出一看，原來是兩隻用舊了的塑膠手套，全是左手的。我大喜地喊：「太好了，眞是天作之合。你這個愛丟東西的大男人，居然會留著兩隻孤零零的舊手套。」他得意地說：「跟你學的呀，『你丟我撿。』這都是我洗車子用的手套，因爲右手用得費，總是先破了。兩隻左手的，還是好好的，倒也捨不得扔，就丟在廢物紙箱裏，打算以後戴上它練習左手多做事，練成眞正的雙手萬能不也很好嗎？誰會想到你今天買來兩隻右手的，這不是我的好心有好報嗎？」

我眞是喜出望外。一雙手套，不過一元左右，可是由不能應用的廢物，變成了兩雙可用的，那份意外收穫，就跟中了獎券那般的高興。我戴上一大一小，一藍一黃的鴛鴦手套，連刷鍋子都特別起勁了。

邊做事，邊想起幾十年前在上海求學時，一段關於手套的有趣故事。那時，我由友人介紹，租住了一個樓房的亭子間。房東太太是個精打細算的主婦，先生是中學教師。記得他冬天外出時，總是只戴一隻毛線手套。我想另一隻一定塞在大衣口袋裏吧。有一天，在樓梯上撿到一隻手套，知道是他的，就送還給房東太太，她高興地謝謝說：「你看他眞會掉手套，所以我給他織左右手不分的毛線手套，去上課時只給他一隻，隨便戴那一隻手，套上了可以提皮包，另一隻手插在口袋裏就不會冷。這樣，上下車買車票不必脫下戴上，不容易掉。出去作客時才給他戴兩隻。如果掉了，家裏還有一隻，不必忙著給他織。」她的設想周到，和她丈夫的惟命是從，眞叫我欽佩。正說著，她先生回來了，一進門看見桌上的手套，高興地說：「謝天謝地，手套還在家裏，原來我今天忘了戴了。」他太太笑笑說：「你的記性實在太壞，眞要跟小學生似的，用根繩子把手套拴在你大襟上才行呢。」她對丈夫無微不至的照顧，也許就是做丈夫的千依百順的原因吧。

第二天，房東先生在樓梯上遇見我，悄悄地對我說：「你昨天撿到的，其實是我一直放在口袋裏的備用手套。她每次只給我一隻，實在很不方便，所以我必須暗中保留一隻，以便隨時戴上。所以你以後如再撿到手套，請你直接還給我好嗎？」

我聽了哈哈大笑說：「你使我想起正在上演中的一部名片，男主角保羅茂尼上電車時發現手套掉了一隻，從車窗裏看見正有個窮孩子在拾，他馬上把手上的另一隻脫下來扔給他。你看了這電影沒有？」他說：「沒有，我沒有零錢看電影，她每天只給我來回車錢。她也不愛看外國片，只有在她興致來時，由她買票一同看中國電影。我但願有保羅茂尼的豪情，把手套扔出去，可惜我不能。我很體諒她的節省，我們是同甘共苦的患難夫妻。」

想到他們這一對夫妻，看看今天這雙鴛鴦手套，眞有「天作之合」的無限情趣呢。

母親的教導

有一年在愛荷華農莊作客，美國老友手工精巧，她用毛線教我做小狗，一面喊八歲的孫女把小狗尾巴接上，把會轉的眼睛貼上，我們老老小小一起做，一起唱歌，覺得那隻三人合作出來的小狗都在對我們笑呢。她又拿一塊柔軟的布，叫孫女幫著擦盤碗、抹桌子，我說：「她太小，磁器玻璃恐怕會打破。」她搖搖頭說：「不要這樣想，你要相信她會謹慎小心的，即使打破一只，以後再也不會了。你如總不放心她做事，她長大了就對任何事都沒自信心了。」聽了她的話，我好感動，也深悟訓練孩子，言教不如身教的道理。

我母親是農村婦女，她也懂得怎麼教育我做家事。農忙時，她特別紮一個掃把，要我幫著掃地上的碎穀子，「掃起來送給咯咯雞吃。」她這樣一說，我掃得更起勁了。她做糕時，我在邊上幫著揉粉加糖。繡花時，我幫著理絲線穿針。農家生活簡樸，那時沒有像今日的電動玩具或兒童樂園，但廚房就是我的樂園，母親就是我的遊伴，也是我做手工的導師。長大後念中學，假期回家，總不忘幫母親切菜做飯，她說：「書念好了不夠的，總要知道飯是米煮出來的呀！」三八婦女節來臨時，我對她解釋女權與婦女運動的意義，她把拳頭一伸說：「我的一雙手做好多事，拳頭越來越大了。我又忙進忙出一天跑到晚，運動還不夠呀？」她眞是幽默大師呢！

未雨綢繆

近半年來美國紐約、紐澤西州乾旱，州政府公布命令，要市民節約用水。於是在大樓公共衛生設備的牆上，隨處都可看到這樣的標語：Save it today, have it tomorrow。這句標語非常有意思，這不正是朱柏廬先生的「未雨綢繆」之意嗎？我國還有一句更淺白易懂的古訓：「要在有時思無時，莫把無時當有時。」更是盡人皆知的。

沒想到美國如此一個資源充足的國家，也會爲缺水發愁。可見科學再發達，仍無法與天爭，中國人靠天吃飯的話是有道理的。

太豐富的資源，寵壞了年輕的一代，他們不懂得節儉。而水的缺乏，影響太大，州政府爲了貫徹節約用水的命令，只好以重罰收效。每家住戶，根據人口多寡，給與用水限度，家庭不得澆草坪，不得洗車。如超過限度，罰款五千元。五千元是個驚人數字，誰敢不小心用水呢？

現在時令已入冬季，但仍乾旱缺水，所以節約用水的命令仍未取消，對像我這樣本來省用一切的人來說，不會感到拘束，而許多年輕主婦都在埋怨「深感不便」了。

想起舊時代農村生活簡樸，水的來源本是取之不盡，用之不竭的。喝的有山泉，用的有河水、有井水。但人人都自自然然地節約用水，老一輩的告誡我們說：「水是有水神菩薩管制的，你如用過了量，死後要打入水牢，罰喝生前用過的髒水。」鄉下人用迷信來禁止人浪費用水，其效果正不亞於今日美國五千元的重罰呢！

眞花與假花

雪後初晴，儘管寒風刺骨，卻忍不住去散一會兒步，到附近那間花店，向和氣的店主請教「花道」，也算是踏雪尋春的雅事吧。

花店的大櫥窗正對著東昇的旭日，一眼望去，只見姹紫嫣紅開遍。久被冷凍的心，一下子就暖和起來了。推門入內，向店主道聲早，誇讚他把春天提前帶來人間。他笑指矮矮的長青樹和棉白蘆葦之間的淺紫殷紅說：「你一定喜歡這些美麗的花兒吧，其實都是絹做的人工花，我覺得它們並不比眞花差呢。」

我伸手觸摸一下花瓣，細柔之至，就買了幾枝，帶回插在水晶瓶中，與滿室的綠，相映成趣。

假花不會凋謝，不像嬌豔的鮮花，插不久就落紅滿桌，徒增「無可奈何花落去」的惆悵。不喜歡人工花的人，卻說它再怎麼巧奪天工，總透著一股匠氣，連主人都顯得庸俗了。而且花之可貴，就因爲它有開有謝，意味著好景難長、好景也會再來，我呢？眞花假花，一樣愛。

做花是現代女性一項非常出色的手工藝，我有好幾位朋友，都會做花，把自己精心的創作贈友好，對著一朵朵可以亂眞的鮮花，眞欣羨她們的蕙質蘭心。

有一位老友，也喜歡做花，她卻是別出心裁，只用各色的紙，幾下子就剪出大大小小的花瓣，隨心一紮就成了一朵不知是什麼花的花。她戲稱之爲「一剪花」。看來也別有韻致。她說手做的花，就不當像眞花。欣賞眞的假花，透著一份藝術的距離。

可見世間任何事物，都有調和的美，也有凌亂的美；有自然的美，也有人工的美；有亂眞的美，也有絲毫不像，但供欣賞者自己想像的美。只要不執著於「眞假」的價値觀念，便無處不可獲得心靈上的享受了。

青山多嫵媚

我中學時有一位同學，因幼年時失去母親的照顧，跌進炭爐裏，面頰灼傷，留下杯口大的黑疤。驟一看覺得她很醜陋。可是她性情和藹慷慨，樂於助人，快樂又風趣，我們是很好的朋友。她曾對我很有自信地說：「我自覺沒有什麼不如別人之處，只要肯努力做個正常的人。」她大學畢業後，在一個中學執教，初時校長深恐她受學生歧視。誰知不及數週，卻獲得全校師生的愛戴，想到她，使我懂得，什麼才是眞正的美陋。

愛美原是人類的天性，無論男女都一樣。但如不幸外形有缺憾時，祇要有內涵的美德，與藝術的修養，自能發放光芒，使你的容顏變得美好。人們與你接觸，就不會注意你的缺點了。南宋大詞人辛棄疾有兩句盡人皆知的名句：「我見青山多嫵媚，料青山見我應如此。情與貌，略相似。」我覺得「情與貌」，確實是非常相似的。我們常說「憂形於色」，或「喜形於色」。就是內心有什麼感受，立刻會表現在臉容上。一顆開朗的心，必然有一張明亮的臉容，使人見了樂於接近。

韓國有句格言「一笑一少，一怒一老。」笑容使人覺得你年輕，怒容使人覺得你蒼老。想青春長駐，還是保持內心的輕鬆快樂，多笑笑吧！

我家有個機器人

我從小就經常東痛西痛，母親給我治痛，總是用薄荷擦頭，用生薑擦四肢。就這麼擦了幾十年，覺得任何中西名藥都沒這土法來得靈。在臺北的時候，五十肩、六十肩都這麼一關關闖過來了，人倒是愈來愈硬朗起來。沒想到來到乾燥的美國，半年前突然坐骨和膝蓋刺痛，有時候舉步都不方便。看了骨科，說得好嚴重，要動手術。頑固的我認爲大夫言過其實，外國醫生最喜歡動刀子。去年冬天回國請教了榮總大夫，說是韌帶發炎，服點消炎藥，泡泡熱水就會好。心理威脅一除去，疼痛竟很快消除了。

現在只有一個現象，就是剛起步的時候，骨節會吱吱咯咯地響，像個機器人。我就找出從臺北帶來的一個敲背的皮球，請他老人家給我敲幾下。誰知他太極拳的功夫太深，敲得我反而更痛了。我請他坐下，用雙手以輕功在他背上搥幾下以爲示範，他奇怪我那來這套功夫。我說：「既會理髮，當然會按摩。」其實是我小時候看母親時常給外公這樣搥的。我雖學會了，卻從沒給母親搥過一次背。現在自己腰背四肢疼痛了，才知道當年是怎樣一個粗心的女兒。

日前看到一位朋友家裏新買了一張電動按摩椅。坐上去一按鈕子，快慢輕重都由自己控制。他想想我勞累大半輩子，願意爲我買一張，每天於家務及寫讀之後，坐上去按摩一陣，倒是眞正享受「老來福」。雖然貴，也就同意買了。

每天早晚，我叩拜雙親照片之前，骨節都會吱吱咯咯響一陣。我心中對母親說：「媽媽，我這個機器人將有張按摩椅可以享受。您那時候連該爲您搥背的女兒都只顧自己玩樂呢。」

高不成、低不就

「高不成、低不就」原是說大姑娘到了該論婚嫁的年齡，而對象難求，或是說合意的工作不容易找。現在我這個年紀一大把的人，竟也在歎「高不成、低不就」，卻是什麼個緣故呢？

說來好笑，原是因爲我有點風濕痛，做起家務來，想爬高處取點東西，骨頭就會咯吱咯吱響，向低處彎腰蹲腿，也會痠痛，一站起來眼睛發黑。這樣一個僵僵硬硬的人，豈不也是「高不成、低不就」呢？

說到我那另一半呢？他倒是身手十分矯健，既能「地下工作」（蹲在地板上整理書報文件，可以蹲上大半天），也能「高山仰止」（桌子上加椅子，爬得高高地捉牆上的蜘蛛）。叫我很羨慕他這個「老少年」，因而有事就多使喚他。

可惜他動作比我這機器人還慢一拍半。嘴裏說來了來了，卻儘著不來。害得我心急如火。他慢條斯理地說：「急什麼呀？」問卜的籤詩上有一句「小急小急，你急我不急。」就是叫人凡事要從容不迫，就可逢凶化吉。有什麼事我們分工合作就是，電視廣告上不是說嗎？「我洗碟子，你洗魚。」（I wash the dish, you wash the fish!）他倒是眞知道挑工作做呢。

但，再怎麼樣，我們是患難相依的老來伴。儘管我「高不成、低不就」，在他面前，他無須喊「平身」，我與他總是平起平坐的。

善緣

外子辦公室有一位美國同事，人非常和藹可親。有一個星期五早上，他捧了一大包剛烤出籠的麵包，各色俱全，請全體同事吃早點，吃得人人皆大歡喜。他看大家吃得高興，從那以後，每個星期五早上，他一定都帶麵包來，兩年以來，從未間斷過。成了習慣，同事們一到週五，就眼巴巴等他來，要吃他的新鮮麵包。如遇到他出差，或事忙偶然忘了，他還感到對大家很抱歉的樣子。有一次，他自己休假不來，還特別託別的同事爲他帶來，他眞是位重情義又有人情味的美國人。

麵包並不是他太太做的，而是特地花錢在他家附近一家熟店買的。有位同事對他說：「每週你帶這麼多麵包，也是很大的負擔，而且善門難開，如一旦停止帶來，反倒覺得你不對了。」他大笑說：「我深以此爲樂。花這點點錢，獲得的情誼是無可計算的。你們中國人講結緣，我的請吃麵包，也是和大家廣結善緣呀。再說，我附近這家麵包店，也是我偶然發現的，他做的材料很道地，味道好，才動了與同事分享的念頭，既然是個好念頭，我一定要持續下去。現在麵包店裏，我是每週五固定的顧客，店主也表示格外歡迎，不是又多一分收穫嗎？」

他眞是位懂得生活的風趣人物，與大家結下了這分麵包緣，人人都格外記掛他。有一陣他想辭職換工作，大家都捨不得他離去，相信並不是爲週五早上的可口麵包，而是他的可貴友情吧！

寶貴的小擺飾

我的書桌上，擺著一對最最寶愛的手工藝品，那不是水晶，不是木刻，更不是名家的雕塑，而是用火柴棒搭的，立體的「快樂」二字。那是兒子念初中時，有一個夜晚，一個人躲在屋裏爲我特別做成的。我那時還曾幾次敲他房門，催他早睡，怪他一定在偷看武俠小說。他都默不作聲。次晨，他早早上學了，把一對「快樂」擺在飯桌上，邊上一張紙條，寫著：「媽媽，給你快樂。」我感動得流下淚來，後悔自己沒有早點起來爲他做早餐、裝飯盒，因爲我還在因他的不聽話遲睡生氣呢！

火柴棒搭的「快樂」二字，眞是別出心裁，兒子眞有匠心，有耐心，一點也不像他平時那種風掃落葉似的茅草脾氣。我捧著「快樂」仔細端詳，它似在對我笑，也似在對我皺眉頭，也恰恰像兒子平日的神情，莫測高深。

這個擺飾，不是金錢買得到的，它是獨一無二，以後也永不能再有的寶貴禮物。

我無論搬遷到哪裏，都隨身帶著。安定下來時，就把它擺在書桌上，天天與它相對，內心那份感受是無法形容的。

他現在已經長大，十多年過去，「快樂」二字，因爲膠水脫落，肩架有點搖搖欲倒，火柴頭的紅色也褪去了，我怕它一旦倒塌，用盒子裝了，面上蒙以塑膠紙。像故宮寶物似的，不敢去碰它。我曾請求兒子，有空能將它修理一下嗎？他說「好呀！」但並沒有動手，再一次問他時，他說：「這個太舊了，我有空再爲你搭一個吧！」

他已經長大，爲生活那麼忙，他眞能再送我一對「快樂」嗎？我要等到哪一年呢？

竹報平安

最近認識一位年輕的朋友，大家談得很投緣，他因我是寫作的，就說起他也很有興趣寫作，只恨太忙沒時間。但他有一個極難能可貴的好習慣，就是用書信體的方式，每天再忙也抽幾分鐘時間，把生活上的點點滴滴，寫成片片段段，然後複印了寄給親人和好友，讓他們知道他的生活狀況和所有的思與感，也讓他們知道他平安快樂。這實在是很好的竹報方式。現代人都忙得團團轉，有事就打電話，肯提筆寫信的實在不多。他是個學農的，卻極富文學的感性，他在航空公司負重任，工作之忙可想而知，但他一直不放棄這樣給親人朋友寫信的習慣，他的重情誼實在令人感動。

談得高興起來，他就抽出短短一篇複印稿給我看，他寫的是「一天裏最屬於自己的悠閒時間，」他說「早上在上班前，坐在窗前，喝杯熱咖啡，看枯黃的樹枝尖端已轉紅，紅得發亮，像燒紅的鐵絲，這就是生命。」「忙碌中一直未曾注意到，得趕快去尋找了。」我覺得雖然是短短三兩句，但看出他是個懂得忙中享受悠閒，而且非常細心，非常愛惜大自然一花一木的人。一個在美國完成學位，每日爲工作奔波的人，能像他這樣有恆地寫，內心充滿靈感的實在不容易呢。

過街松鼠

俗語把討人嫌的人，比作「過街老鼠，人人喊打。」而松鼠的逗人喜愛，與老鼠完全不同。在這裏郊區房屋，每家人家的草坪上，一到春天，都不時有松鼠跳躍嬉戲或覓食。牠們對人類有絕對的信心，沒有人會傷害牠們。只有一天，我看見一隻松鼠被車子輾斃了，血肉模糊的慘狀，令我難過好半天。

昨天傍晚，與他在附近人行道上散步。看見一隻很幼小的松鼠，從對街越馬路過來。牠太小了，懵然不知馬路如虎口，只慢慢兒爬行著，走幾步停一下，東張西望，神情著實可愛。幸得這是條車輛非常少的社區小馬路，但我仍替牠擔心，生怕牠被車子碰到，但又無法告訴牠。

正在此時，一輛車子來了，我驚惶地喊：「松鼠！」幸得車子開得很慢，馬上停了下來，等待松鼠過完街。無知的小松鼠，毫無感覺，仍舊大搖大擺地過完牠的馬路，才從容地跳上人行道，對我眨眨眼睛。

我為牠捏一把冷汗，這小東西哪裏知道，人間危險重重？我擡頭看，車子裏是一對老夫婦。他們看出我驚慌的神態，對我點頭微笑，一定在告訴我：「我們也已經看到松鼠了。」那一笑，包含了彼此之間對小生命同是一份情意的溝通，使我內心欣慰無比。我們向他們擺擺手，像是向老友揮別。回頭再看小松鼠，牠竟然坐禪入定，還在傻楞楞地看著我們呢。我對牠說：「你這小東西運氣好，遇到一位仁慈的老先生，對你這麼禮讓。若遇上開飛快車的青少年，你早已粉身碎骨了。」

他開玩笑地說：「你要跟牠說英語，這是美國松鼠呀。」我說：「無論哪一國，共同的語言就是溫和的聲音，和藹的笑容，小動物也會察言觀色的哩！對嗎？小松鼠。」

小松鼠好像聽懂了，舉起一對前腳，向我們「行個禮」，一蹦一跳地走了。保佑牠以後過馬路一直平平安安的才好。

參湯與砒霜

我小時在農村，喉頭痛時唯一的特效藥就是鹽。母親用筷子點一下苦鹹的鹽滷，給我抹在喉頭，再泡碗溫鹽湯要我又漱口又喝。母親最愛說的一句話就是：「早上的鹽湯是參湯，晚上的鹽湯是砒霜。」這是外公告訴她的，外公說：「大清早喝鹽湯，可以清潔腸胃，去火清血，其效果就好比參湯一般，持之以恆，比喝參湯還好呢！鄉下人，哪裏喝得起參湯呢？但是晚上絕不能喝鹽湯，鹽分會停留在骨骼裏、血液裏，老了就百病齊發，害處比砒霜還大。」外公是山鄉郎中，說的話人人都信。現在想想確實是有科學根據的。鹽原是最消毒的也最廉價的東西，可以取之不竭，但也要用得恰當，過量了就有害處。現代人都知道上了年紀要少吃鹽分多的食物，以免心臟腎臟有害。醫生囑咐早上多用鹽水漱口或喝鹽水，晚上要特別吃得淡，不就是外公說的，「參湯與砒霜」的原理嗎？

鹽是最寶貴的東西，人身體裏不能缺乏它，工業上不能沒有它。它卻是如此的廉價易得，不受人注意。我每日做菜，挑一點撒在菜裏，恰到好處時，覺得味極鮮美，又不破壞菜餚本來顏色。內心就興起無限感謝，感謝造物主爲人類設想得如此周全，也感謝看來微不足道的鹽，默默予人類這許多的好處，它卻毫不居功，像一位謙謙君子，居下位而不慍。

菩提樹

由於藤蘿與樹，我又想起母親的菩提樹來了。

我故鄉老屋後院有一棵姿態很美的不大不小的樹，不是扶桑，不是木碧，也不是名稱好聽的翠玉藜，就是那麼一棵不結果的枇杷樹，長工阿榮伯在太陽下工作，熱了就脫下棉襖往樹枝枒上一扔。小幫工阿喜從田裏捉來的田螺，籃子滴著水濕淋淋的也往樹枝上一掛，母親拉了把竹椅坐在樹下做活兒。她說樹葉的清香，薰得她眼皮直搭下來想打盹。她說：「不知怎麼的，坐在樹下，心裏就好舒坦。」

老師因此說，那是母親的菩提樹，在下面坐著會安心，會悟出大道理來。

有一天，發現樹根長出一條藤，慢慢沿著樹幹向上爬，阿喜要把它剪掉，老師阻止他說：任何草木都是有生命有知覺的，不要去傷害它，阿喜就不剪了。母親俯身下去看，撫摸著小藤蘿，好像它是樹的小兒女。

好幾回，我看見母親一個人坐在樹下，呆呆地好像在想心事。我也不去驚吵她。她大概在對樹說話，或是許什麼心願吧，母親常常對樹許心願的。

聖誕節，教堂裏牧師給母親送來一棵小小聖誕樹。母親把它擺在那棵樹旁邊，她說：「聖誕樹也是菩提樹，看了叫人忘掉憂愁。」

母親逝世已四十五年，故鄉老屋的那棵枇杷樹還在嗎？無論如何，它永遠長在我心中。

拾荒老人

上午十一點左右，那位鄰居老先生時常披上厚大衣，提一隻大口袋，到垃圾箱邊去撿各家丟出來的東西。那時垃圾車還沒來，廢物都堆積得非常豐富，他可以從從容容地揀取他認爲有用的東西。在他心目中，一堆厚紙板，幾塊寶麗龍，一條尼龍繩子，都可以發揮它們的「邊際效用」。那些東西，確實都是很新很清潔的，我因爲不會應用，只有以欣賞的心情，看著他一樣樣地撿。他不時擡頭向陽臺上的我笑笑說：「要不要下來幫我一同撿，我教你怎樣把車庫打扮起來。」我跑下樓去，謝謝他說：「我的手太笨，不會做，我只能撿現成的。」我告訴他在有一家搬走時，我撿來好幾本兒童小說、好多種雜誌和一本心愛的《小婦人》，外加一張玲瓏的小琴几。他大笑說：「好極了，大家各取所需，這些年輕人啊，眞會扔東西，我撿進來放在車庫的東西，還沒來得及運用呢，我媳婦又把它們扔出去了，我好生氣呢。」我告訴他，我的丈夫也是個扔東西大王，我辛辛苦苦從臺灣帶來的小東西，都被他不聲不響扔掉好幾樣。他埋怨地下室瓶瓶罐罐、書報雜誌，愈堆愈多，有一天連我這個人都會被掩沒得找不到了。有一天傍晚，我們一同散步，看見一個七成新的櫃子，丟在人行道上，我請他幫我一同擡回來，他堅決拒絕，彷彿這一擡會失去中國人的身分似的。我一氣之下，就把抽屜一個個拉下來，分開拿，一個人跑了好幾趟，把它揹回家了。你猜怎麼著，這個櫃了現在放的全是他的書和文件，還連聲說：「沒想到這櫃子滿合用的。」我問老先生，「你說這事兒公平嗎？」

他聽得笑彎了腰說：「沒想到你年齡比我輕得多，倒也懂得舊物的可愛。」他覺得我比他年輕是他看不透中國人的年齡，我猜他絕不會比我年長多少，因而問他多少年紀了，「七十八啦，」他得意地說，「我是木匠，二十多歲和太太從義大利移民來美國，我們靠著兩雙手，建立起一個家，兩個兒子，一個女兒都成家立業了。二兒子新買了這棟房子，他在附近開一間餐廳，生意很好，大兒子在紐約開店，我若是年紀輕點，還想開五金店呢。我最愛的還是鋸子、鎚子等等，你有什麼要裝修的嗎？我可以幫忙，只收你材料費。」

我倒眞想請他爲我的地下室釘幾個書架，外子卻總是有他自己的構想與設計。他總在等有一天福至心靈，照著兒子搬來的那套「自己動手作」的書，做出又雅致又扎實的家具來。可是那「福至心靈」的一天，還遙遠得很，只好由我學那位鄰居老先生，偶然也做一次「拾荒老人」，因陋就簡地，暫時「布置」一下儲藏室，以便可以「地下工作」，因它是在最下一層。

曾經愛過

記得多年前，彭歌寫過一篇小說，內中有一句：「因爲他們曾經愛過了。」已故的名詩人周棄子先生對此句特別激賞，認爲是千古名句。周先生可能是心中另有所感，故獨愛此句。而細味「曾經愛過」四個字，也確實含有無限深長情意。

彭歌另有一篇小說〈危城書局〉，囑我爲詞隱括篇中故事，我作了一首〈虞美人〉，最後二句是：「十年往事已模糊，轉悔今朝分薄不如無。」也是該文中一對情侶「曾經愛過」的無限悵惘。

兩個人，無論是異性或同性，只要有過純眞深切的友情或愛情，即使以後疏遠了，甚至不歡而散了，他們都是彼此曾經關切過的。這一份「情」，實在是彌足珍貴的。俗語說：「同船過渡，三世修來。」何況是友情與愛情呢？古人說：「一回相見一回老，能得幾時作弟兄。」對有生之年的情誼，是多麼珍惜啊！

今日社會型態變遷，人際關係複雜。人們對「情」的價值觀念，已大不同於往昔。握手言歡如老友，出門轉盼成路人，已不足爲奇。即使「曾經愛過」、「曾經恨過」的，也都如過眼雲煙，無足掛懷，更無論「珍惜」二字了。像中外古典文學中那種海枯石爛的愛、莫逆於心的情，不知是否仍可求之於今日？

讓我們來念念東坡的名句吧！「不思量，自難忘，」是他對老妻的愛，「與君今世爲兄弟，更結他生未了因。」是他對弟弟的愛。儘管是白首忘機的東坡老人，何能忘情於曾經愛過的人呢？

日前在金石堂聆聽新書發表會，知道一位青年作家新出版小說書名《曾經》，我尚未讀過，想來一定是一段蕩氣迴腸的「曾經」吧！寄望於年輕一代的女性作家，能以含蓄溫厚之筆多寫「情」，少寫「色」；多寫「愛」，少寫「殺」吧！

我永遠記得喬治桑對巴爾札克說的話：「你寫的是現在實際的情態，我寫的是我希望能達到的美好境界。」我不諳文學理論，但無論是浪漫的或寫實的，一位握筆的作家，一定都會想到，他的作品對社會人心的影響的。

「曾經愛過」，是很美的境界，古今中外，多少名篇，寫的都是對人間一份執著的愛。那麼，讓我們多寫點美好的一面吧！

——七十四年十二月十九日清晨於臺北

應描寫美好的一面

洛杉磯報載，一個七十一歲的老婦，以尼龍絲襪勒死她九十二歲臥病在牀的丈夫，這件慘絕人寰的悲劇，新聞標題是「殺夫，爲了愛。」而實際上是由於長期服侍的精神體力之耗蝕，竟由愛而轉爲恨，乃萌殺機。一位文友說：「你愛一個人，就要使自己能有長久的力量去愛他，這愛是要保養，要有源頭來補充的。」這源頭就是先保養自己的精神體力，要有一個快樂健康的身心，才能禁得起長久的折磨。

這是一點不錯的，記得我小時，常聽辛苦的叔婆說：「我若是爲自己，早就去跳潭了。就爲了那老頭兒和幾個孫子，我只好撐著。還得三餐吃得飽飽的，晚上睡得足足的，門口有唱孟麗君的唱詞先生來，我還是要聽呢。」我當時心裏直笑她，現在才知道她原是個爲別人活的堅強女性。

我大學的恩師，每當看到我們啃書啃得疲憊不堪時，總叫我們去看場電影，吃頓好飯。他說：「做學問、做人，第一要先有健康，一天裏，要半天爲己，半天爲人。將來結婚有了丈夫兒女，也要格外注意健康，一半爲己，一半爲家人。愛惜自己也就是爲愛家人。」他的金玉良言，不正是此意嗎？

這個老婦與丈夫恩情既如此深厚，連送他進老人院都捨不得，最後卻將他活活勒死，雖由於精力衰竭，而主要原因還是由於她基本上缺乏宗教信仰。這種殘酷的行爲，在基督教是魔鬼的指使，在佛教是孽障太重。她若能虔誠祈禱，即使不能使丈夫起死回生，至少也不會演出殺夫慘劇吧。說這是爲了愛，無論如何也難使人相信的。

想起多年前在臺北住公寓時的一家鄰居，夫婦二人，平日同出同進，感情甚篤。忽然好幾天沒看見太太，原來她在澡盆裏滑倒中風，只躺了三天，醫生還未肯定是否會成爲植物人之前，做丈夫的就毅然拔去她的氧氣管，讓她停止呼吸而死亡。據說是因爲那一天是個好日子，他給她選了個大吉大利之日歸天，這眞是「愛之極致」的表現。看他雙手捧著太太的放大照回來，臉上毫無悲傷神色，不數日即去歐洲旅行去也。鄰居說他就因爲飛機票都已買好，原是雙雙同行的，太太躺下了，不死不活的，不如速戰速決，讓她及早斷氣，他就可成行了。這種行爲，令人不可思議，與這個勒死丈夫的老婦相比，中外有異曲同工之妙。基督教認爲只有上帝才有權賦與和奪取人的生命，如此說來，我那個鄰居，雖沒像這個美國老婦那樣勒死病人，但也應視爲是殺妻兇手啊。

殺妻、殺夫，殺風在今日社會已經夠盛了。觸目驚心的新聞已經夠刺激人心了，從事文藝寫作的人，雖不必負有社教使命，而本著不昧的文學良知，是否能從繪聲繪色、描繪性與暴力的醜陋間，掉轉筆頭來寫點美好、祥和的一面，以扭轉江河日下的頹風呢？

有名氣的作家，其作品內容與風格，對青年讀者心理，是有相當的影響力的。如果一位作家，爲了探討人性，爲了實現自己的某種文學主張，也爲了表現警世駭俗的寫作技巧，是否非強調「性」與「暴力」不可呢？在今天文學與電影藝術的密切結合，與作家本人的現身說法之下，其作品對社會風氣影響之巨，是可以想見的。那麼他（她）們欲以怎樣的作風成名，就全在他（她）們自己的智慧與寫作良知來作抉擇了。

喬治桑對巴爾札克說：「你所寫的是實際的醜惡面，我所寫的是我所希望實現的美好面。」（大意如此），說得眞好。在此時此地，我寧願服膺喬治桑的文學主張。

晨間的感慨

打開晨間電視，幾分鐘內，就報導了三件罪大惡極的事，一是藥品下毒風波，愈來愈烈。現在又發現另一種感冒藥，以及敏感藥、減肥藥都有下毒的。二是後母殺前妻之子，把他裝在塑膠袋裏，丟到火化場。三是二十一個青少年吸毒被捕。聽了叫人不寒而慄，就把電視機砰地關了。

我並不因爲這是發生在美國的事而心存僥倖，國內不也有層出不窮的犯罪案件發生嗎？這是整個世風日下，道德淪亡的悲哀。

想起我九年前在美國胃潰瘍出血動手術，一點也沒想到輸血時會有傳染愛死病的可能性，若在今天，就會心驚膽寒了。但那年開刀的當晚，正逢紐約大停電十小時，報載地下車中，黑白青少年趁火打劫，搶案累累。那時大家都感慨早十年前也有一次大停電，路人都同舟共濟，彼此互助，可見得好日子愈來愈遠了。但不知再十年以後，人們是不是還能平平安安走在路上，坐在家裏呢？

我再打開電視，轉到公共教育電臺，喜見羅吉先生邊唱歌邊教小朋友認數目字，又有女老師手捧一個迷你的樂器，彈出叮叮咚咚美好的音樂，給小朋友講母貓冒險找回小貓咪的故事。小朋友們的臉上，都充滿了同情與快樂。面對純真的孩子，怎能相信，那些作姦犯科的青少年，也都是從這樣幼小，一點點長大的呢？

人獸之間

從電視上，幾乎每天都會看到走失兒童，呼籲社會人士提供線索的告示。在信箱裏，也時常拿到一張張單子，上面印著幼童的照片，下面寫著一行醒目的字：Have you seen me?

我呆呆地望著照片，那些逗人愛的孩子，究竟是被什麼人拐走的？他們的父母已急成什麼樣子？世上怎麼會有這樣狠心的人，無冤無仇的，活生生拆散別人的骨肉。難道他自己不是父母生養的，難道他們自己沒有兒女嗎？古時候還說「盜亦有道」，世風低落到今日，社會一般的安寧秩序都將無法維持，對盜賊還能有所奢望嗎？

日前看到報上登著一張感人的照片，一隻龐大的狒狒，懷裏偎依著三隻憨態可掬的小貓，牠們親愛得如同母子，狒狒名布妮，是佛羅里達州一座野生動物村裏飼養的，今年十四歲了，自從進入野生動物村以來，已撫養了三十多隻孤兒小貓了。

狒狒這種野獸，原當是本性極殘暴的，對非我族類的弱者，必然啖之而無疑，但這隻狒狒卻滿懷愛心，在動物村中負起保母的責任。

對著這張感人的照片，怎不叫人感慨萬千，孟子還說「人之異於禽獸者幾希」。他哪裏想得到，幾千年的文明進步，有些人墮落到反而不如獸呢。

寂寞的八寶箱

從鄰居的車庫拍賣攤位上，買來幾件玲瓏的小擺飾，把玩一陣以後，又把從臺北帶來的一只小紙箱打開，揀出所有的小玩意，排在桌面上，追憶著每一件「寶物」的來歷，心頭有溫馨也有惆悵。我原想統統擺出來，卻苦於沒有像在臺北時那樣一個壁櫥，可以容納得下。那個玻璃壁櫥，一位乾女兒稱它為「寂寞櫥窗」。她說有「空間」就有「寂寞」，那麼我現在應當稱這只小紙箱為「寂寞的八寶箱」了。

小時候，母親做活時，我倚在她身邊，唯一的玩具就是她的「八寶箱」，那裏面的寶物我都玩不厭。其中最寶貴的應當是一對泛黃了的珠花，和一對珠耳環，那是母親做新娘時戴的。還有就是我的「長命百歲」金鎖片。我取出珠花，插在母親鬢邊，母親對著鏡子照照，馬上取下來了。我就插在自己兩邊的辮子根上，扭來扭去的唱小調。金鎖片，一點也不是黃橙橙的顏色，所以我不喜歡戴。母親卻鄭重其事地說：「你要好好保存喲！這是你外婆給我小時候戴的，我再傳給你。」我說：「不是眞金的呀！」母親說：「那時哪裏買得起金子，是鍍金的，不管是鍍金是眞金，總是一代一代傳下來的，保佑你長命百歲。」

母親還說，我有點小病小痛的，戴上金鎖片就會好哩！難道外婆眞會來保佑我嗎？

如今想起來，長輩對兒女的愛，常常凝聚在一樣摸得著看得見的物件上，一代代地綿延下去，無窮無盡。

懊惱的是，那金鎖片竟不知去向，卻留著一條鍊子，和掛在八寶箱外面的一把小鎖。這兩樣寶物我永遠隨身帶著。小鎖一定也是外婆給母親的。那古老的式樣，象徵上一代無邊無際的愛。它跨越過了一個世紀，把我們祖孫三代，緊緊扣在一起了。

十點十分

初中時，英文老師教我們怎樣用英語說時間，她把一口小鐘轉著長短針，教我們幾點幾分地練習著說。轉到十點十分時，她笑問我們：「這像什麼？」我們說「像V字」，她說：「不，像一張嘴角上翹開心的臉。」她再把針轉到八點二十分，問我們像什麼？我們說：「像一張哭喪臉。」她高興地說：「你們眞聰明。希望你們個個都有十點十分的臉，不要出現八點二十分的臉。」

這件事我一直都記得。也體會到，要使自己有一張快快樂樂的臉，必定先要有一顆快快樂樂的心。心裏不開朗，天地就變成狹窄了。而懊惱、追悔、猜疑、憂慮都是不開朗的主因。沒有滿面春風的臉容和人相接，別人自然望望然去之了。

有時，別人一張和悅的臉，會使你的暗淡心情頓時轉變過來。記得有一次，我在臺北搭公車時，服務小姐非常和悅地請我小心站穩，我很意外會有這樣和藹細心的小姐，馬上對她說聲謝謝，她也回答我「別客氣」。我心中煩悶頓時消散了。我欣慰的是隨車服務的小姐並不每一張都是晚娘面孔，欣慰的是自己的一聲謝謝，和對方美麗的笑容，化解了內心的怒氣，消除了身體的疲勞。相信我當時一定是嘴角上翹，出現一張「十點十分」的開心臉容吧！

嚮往自然

做人與寫文章一樣，能順乎自然最難。一個平平實實、誠誠懇懇的人，使人人樂於親近。一篇情見於詞，不刻意求工的文章，使讀者易於領受。但這種功夫，也是知易行難。有的是由於性情，有的是有關學養。比如文起八代之衰的韓文公吧，他說「艱窮變怪得，往往造平淡。」主張文章要求其平淡，必須從艱窮中擺脫出來。但他自己寫文章卻往往詰屈聱牙，且喜用奇僻之字，他的終南山詩，把山川草木蟲魚鳥獸的名稱，像一部字典似的都搜羅進去，使人頭昏目眩，倒不如他朋友孟東野一首短詩中的兩句：「南山塞天地，日月石上生。」多麼的生動鮮活又自然？此無他，就因韓是模仿的，而孟是創造的。模仿必著意，就不自然了；創造是順乎靈性，毫不著意地表現出來，就自然了。

陶淵明的「採菊東籬下，悠然見南山」，其可愛處便在「悠然」，他的心靈是與山水田園溶爲一體的，也許就是王國維說的「物我爲一」，「物我兩忘」的境界。可是與他齊名的謝靈運，愛山水的方式與陶就大異其趣。他到永嘉當太守，走馬上任時要帶一批侍從，穿草鞋，背斧頭鐽子，從叢岩峻嶺中，闢山開徑而去，倒把永嘉老百姓嚇一跳，還當是一批山賊來了。這樣的行徑，未免有點做作。他是爲了要征服山水呢？還是表現他的異乎常人，於此一點，就看出陶謝二人境界之高下了。

我最愛東坡，其文章有時如天馬行空，有時如行雲流水，行乎其所不得不行，止乎其所不得不止。內心有什麼感情，就說什麼話。他的文、詩、詞，有豪放也有沈鬱，有人情又有禪理，卻從不故作忘情或灑脫。他對弟弟有無限手足之情，對他說「與君今世爲兄弟，更結他生未了因。」他不能忘情於亡妻，就說：「千里孤墳，何處話悽涼？」對著楊花會認爲「點點是離人淚。」如此一個多情的詩人，毫不掩飾地表現了他對人間執著的愛。可是他豪放灑脫起來，就高吟「不用思量今古，俯仰昔人非。誰似東坡老，白首忘機。」

這「忘機」二字，眞是有關性靈，非學養所能。像韓昌黎寫〈祭鱷魚文〉、〈送窮文〉處處顯得矯揉造作，與東坡相比，他眞是望塵莫及呢。

我說了這麼多，無非是想表示對順乎自然之人，和順乎自然之文的嚮往。而爲人爲文，原是相互影響，必須時時自我砥礪的。反觀今日，複雜的社會環境，多姿多采的文壇面貌，一個文人，如著意求名，標新立異，縱能譁衆取寵於一時，卻不能傳之久遠。因爲他們缺少一個「誠」字。誠就是平實、自然。文章的基礎，友情的基礎，都建立在平實自然之上。此我所以一生服膺淵明東坡。時常讀他的詩文，不但有鬱療之效，更可以啓示我們，如何提升心靈境界，做一個誠誠懇懇、平平實實，順乎自然的君子。

詩來尋我

所謂靈心，其實就是敏銳的詩心，是自然得無待外求的。有一首詩我一直非常喜愛：「我去尋詩定是癡，詩來尋我卻難辭；今朝又被詩尋著，滿眼溪山獨往時。」這位詩人非常幽默，明明是自己滿心的靈感充沛，非寫詩不可，倒說是被詩尋著了，多麼活潑有趣。而他被詩尋著，就在獨自徜徉於靜靜的溪山之中，滿眼好風光，使他心胸明淨無比，平時所孕育的靈感，一時都湧上心頭，美妙詩篇，也就一揮而就了。這就是朱晦庵先生所謂的「天光雲影」、「源頭活水」，也就是佛家所謂的「摩尼珠」，隨物現其光彩吧。

記得好多年前，聽過一次美國作家葛浩文的演講，主題應是談作家的良知吧。有幾句話倒是深獲吾心，他說：「不要去管什麼寫實、浪漫等文學理論，也不要談什麼傷痕、鄉土文學，一個作家，只要憑良心寫，所以我們要說『良心文學』。」「良心」也就是美妙的靈心，無待外求，更與任何文學主義無關，作品寫就了，任由理論家批評家去歸類加名詞，一有造作或得失之心，就不是第一等的創作了。王陽明先生說得好，「能悟得此心常見在，便是學。」此心是屬於自己的，孔子說：「仁遠乎哉，我欲仁，斯仁至矣！」誠誠懇懇地讀書寫作，誠誠懇懇地體驗人生，你不去尋詩，詩也會來尋你的。

偉大的女詩人

近讀印度女詩人《甘地夫人傳》，深深爲這位偉大詩人人格的完整所感動。在她幼年時，雙親因從事革命，常遭逮捕，燃起她對蠻橫行爲的反抗心理。她父親自獄中寫信勉勵她說：「不管前途充滿多少荊棘，我們必須記住，絕不能做任何使我們神聖歷史蒙羞的事。」語重心長之言，在她心中撒下革命的種子。她愛讀泰戈爾的詩，詩中所表現的藝術渾然完整性，更陶冶出她偉大政治家的胸襟，使她在動亂中獲得生活的平衡，與精神的寧靜。她的才華與智慧，加上父親的啓迪，使她於四十歲後，由左傾而轉爲反共的急先鋒，這是特別令人可佩的一點。

再讀另一位《奈都夫人傳》，極令人感動的是她接受英國文學批評家歌史的啓示，掉轉筆鋒寫自己祖國的風土人情，以全部心魂貫注於詩篇，呼喚印度國魂的甦醒，和新印度的誕生。這位愛國詩人，血液中原奔流著革命的熱情，她響應甘地的號召，毅然放棄浪漫的詩歌生活，獻身革命，以烈火般的演說，代替了詩篇，那是用思想的經、感情的緯，編織出來的演說。連甘地都因讀她的詩而獲得政治的靈感，其震撼人心的程度，可想而知。難得的是她雖從事婦運工作，爭取女性獨立，卻並不放棄做爲一個家庭主婦的職責。她愛家庭，愛子女，她提醒大家千萬不能忘掉「作一個賢妻良母，是女性的天職」，這是值得我們更深深體會的。

我爲什麼要寫作

剛開始寫第一篇稿子的時候，完全是對自己能否將所思所感，作有條理表達的一種考驗。漸漸有了信心以後，興趣也日益增加，而至於欲罷不能。

我不想給自己戴大帽子說是爲了一份使命感而寫。數十年來，我就只是認認眞眞、孜孜矻矻地寫。無論是散文、小說、文學理論以及讀朋友著作的感想，在寫作過程中，有「書不成行」的焦慮與挫折感，也有「神來之筆」的得意與成就感。此中甘苦，眞是「如人飲水，冷暖自知」。但每當作品完成，加封付郵時，那份輕鬆愉悅，則是無可名狀的。古人說：「得句錦囊藏不住，四山風雨送人看。」大概就是這股子傻勁吧。

我常有一種感覺，作品見報，要比作品結集成書更快樂。因爲文章見諸報端，就像一個苦心撫育的兒女，能雍容大方地出現於稠人廣衆之中，受到矚目與讚賞，做母親的就有一份直接的榮譽感。而作品成書以後，就像兒女們各自成家。他們以後有多少成就，能交到多少志同道合的朋友，就不得而知了，因此，這個「母親」心裏，也就有點茫茫然了。

這個比喻當然並不恰當，但近年來這份感覺愈來愈深。總覺得成家的兒女離我漸遠，有的甚至斷了消息，倒不如在報上見到的新生小兒女更親切。這也許就是我爲了排遣愁懷，仍然不願停筆的原因吧！

剛與柔

文學是包含柔性與剛性兩方面的。具有歷史意義的文學力量，應當剛柔互見。剛性是對傳統文化的認識與尊敬，因而產生承先啓後的時代感與使命感；柔性是愛國愛家、愛鄉土、愛大自然而至一花一木民胞物與的情懷，虔誠地創作出最具魅力、震撼人心的作品，以反映我民族的特性和不朽精神。

所以文人必須拓展視野、充實心靈、培養情操，由小我而大我。創作的題材，應當兼容並蓄。細細刻畫生活的每一個層面，以探討人生的意義，肯定生命的價値。可是他的作品，必須是高水準的文學創作，不是說教或宣傳。那就是說，具備剛的內涵，而有柔的技巧。

剛與柔，即理性與感性。二者互爲表裏，並行不悖。試體味《詩經》的「思無邪」是理性，而「詩言志，歌詠言」，即是感性。

剛柔互見，乃能合眞善美爲一。凡發揚人性，指示光明，振奮人心，以悲憫之心描繪苦難、黑暗罪惡，以求改進的主題內容都是善的，運用高明技巧以達到上項效果，就是美的，而二者又都必須出乎一片至誠，就是眞。

古人云：「修辭立其誠」、「不誠無物」。賣弄才情，標新立異，非誠也。自我標榜，譁衆取寵，非誠也。以文學爲工具求達到某種目的者，更非誠也。文人一本良知，從事創作，其努力的正確方向，就是融合眞善美爲一致的作品。

味精

我中學的國文老師，指點我們作文時，說過幾句很精采的話，至今不忘。他說：「名廚燒菜，不放味精，要燒出每道菜餚本身特有的味道來。庸廚燒菜全賴味精，不但沒有特色，而且吃得人舌頭發麻。寫文章也一樣，有巧思、有才情的作者，極少引用前人的成語或典故。成語、典故亦有如味精，少少加一點，或可增加文章的光采情趣，但必須恰到好處，不落痕跡。引用多了，徒見其『以艱辛文淺陋』，看得人昏昏思睡，絲毫也讀不出作者本人的思想感情來。」這一席話，我最最聽得進，因爲我是個最不耐煩記典故的人，偶然知道一些，也常不明出處，張冠李戴。當老師以後，生怕誤人子弟，才不得不查考書籍，總算教學相長了不少。但味精的比喻我卻非常喜歡，因爲我是個菜裏不喜加味精，文中不會用典故的平淡人。

記得有一位學貫中西的名教授，幽默地說：「他看許多文章裏總是引了西洋某位哲學家如何如何說」，他一時興起，自己杜撰了一句很有哲理的話，卻加上「西哲說」三個字。並非僞造，只爲開個小玩笑。沒多久，他看到一篇文章，裏面竟然就引了他編的那句名言，上面也有「西哲說」三個字，他哈哈大笑之後，卻不免有點抱歉。

可見洋典故與中國典故、成語，一樣被重視呢。

許願石

一個美國小女孩給我講了個故事。我把它改寫出來：

貝貝和小朋友們一同踢石子玩。他在心裏悄悄地許了個心願：「小石子，無論你落在那裏，請你給我帶來一個意外的驚喜。」

然後他用力踢出去。石子飛過附近的矮牆，落在別人家窗檯上，砰的一聲，糟，一定是砸破玻璃窗了。小朋友都嚇跑了，可是貝貝對自己說：「我不能跑，我闖了禍，應當向這家的主人承認。」

於是他去敲那扇很少看到開啓的大門。一個面貌嚴肅的老太太伸出頭來，說：「你們老在我門外頑皮搗蛋，還不走開？」貝貝說：「奶奶，眞對不起，我砸破你家玻璃窗了。」老太太把他從頭看到腳，說：「來，來，來，看是哪一扇玻璃破了，你要賠喲！」

她帶貝貝進去，到處察看一遍，所有的門窗玻璃都沒有破。老太太的臉色緩和些了，問貝貝：「你眞正聽到砰的一聲響嗎？」貝貝說：「眞正聽到的呀！奇怪，怎麼找不到砸破的玻璃呢？」

老太太笑了，拉貝貝走到窗外草坪上一隻廢物箱邊，說：「你的石子，一定是落在這裏面我丟棄的玻璃瓶上了。窗戶玻璃並沒有破。來，來，來，我請你吃水果蛋糕，我已經好久沒有朋友來了。」老太太一笑起來，和剛才像是兩個人了。

貝貝飽餐了一頓豐美的點心，滿心歡喜地向老太太道謝。老太太又說：「來，來，來，我送你一樣東西。」她牽著他的手到客廳裏，在書架上取下一個音樂鈴盒子，是精緻的象牙雕刻和銀子鑲在一起的。

「這是眞正的古董啊！」

「是啊！我把它送給你，誠實的孩子。」

「謝謝你呀，奶奶。」貝貝雙手捧著音樂盒，不禁喃喃地自語起來：「小石子，我的心願實現了。你給了我一個意外的驚喜。」

他就把對石子許願的事告訴老太太。老太太也高興地說：「我也要謝謝小石子，它也給了我一個意外驚喜的下午。」

人要衣裝

在公共教育電視臺節目中，聽一個女老師給小朋友講一個故事：一個富翁，有一天豪興大發，請了地方上許多有錢人去吃飯。一個名叫漢嘉的讀書人，也被邀請了。所有的客人，都穿上他們最豪華的衣服去赴宴。只有漢嘉只穿一身便裝就去了。

大廳裏高朋滿座，談笑風生，卻沒有一個人理會漢嘉，主人和僕人更是對他視而不見，他只好冷清清地坐在一個角落裏。一道道的菜端過他面前，都沒放一樣在他面前，他肚子好餓，這才想起大家不理他是因爲他衣服不夠漂亮。他連忙溜回家，重新換上最漂亮的衣服再來。這一下，主人馬上熱烈地和他握手，奉爲貴賓。當一道烤雞上來的時候，漢嘉用手撮了一塊，不放在嘴裏，卻把講究上衣的右襟拉開，把雞塊丟進去，嘴裏念道：「吃吧，吃吧，右襟。」再一道烙蝦來的時候，他又挾了一塊，拉開左衣襟，把蝦丟進去，念道：「吃吧，吃吧，左襟。」大家都奇怪地看著他。主人忍不住問他：「漢嘉先生，你這是幹什麼呀？」漢嘉慢條斯理地說：「我剛才來的時候，穿的是隨隨便便的衣服，你的僕人沒有理我；現在換了好衣服來，菜就端來了。我想這菜一定是款待我的衣服的吧？」

主人感到非常慚愧，誠懇地對他說：「漢嘉先生，謝謝你的教誨，我以後再也不以外表衡量人了。」

老師講完故事，主持節目的羅傑克先生就唱起歌來：

人人都漂亮，
人人都美好！
我愛你的內心，
不只愛你的外表！

小朋友一齊拍手同唱，一張張的小臉上，顯得那麼純眞，那麼快樂。

童詩與童「話」

我的牀邊，除了古典詩、詞、新詩、名家小說隨筆以外，還有一本《笑話大全》，一本兒童詩，每晚依枕，吟誦幾首喜愛的詩篇以後，就帶著笑話的輕鬆喜悅，與兒童詩的溫暖入夢。我也非常喜歡孩子們自己寫的詩。那一派天眞，會讓你的心靈歡欣得開出花朵來。

孩子們的想像力是非常驚人的，有一個孩子寫打雷：「打雷了，我害怕得躲到爸爸懷裏，爸爸生氣像打雷，我躲到哪兒去呢？」有一首大家都記得的好詩：「媽媽年輕時像酒，爸爸喝一點就醉了。」多調皮聰明的孩子啊？

我孩子小時候，在日記裏寫道：「爸爸問我頭髮是做什麼用的，我說頭髮是理髮用的。爸爸好生氣，罵我是笨瓜（他把「瓜」字寫成「爪」字）。我也生氣了，心想爸爸是罵人用的，媽媽是做飯用的，老師是打人用的。」說得一點都不錯呢。

這孩子眞是小時了了，他的日記裏時常出現警句，例如：「爸媽出去應酬了，我只好一個人在家，自作自受。」（他的意思是自己做了自己享受。）「我和爸爸手牽手，腳並腳一同散步，我們父子手足情深。」「住校以後想起媽媽來，就覺得她音容宛在。」

流光易逝，寫這樣「奇文」的孩子，如今也已屆「而立」之年，不管他是否仍懷念父子「手足情深」，不管他是否能「自作自受」地獨自奮鬥，我這個做母親的，既然「音容宛在」，就不能不仍把他當一個未長大的孩子，時時爲他掛心啊！

小偷跑了

在一份兒童刊物上，重溫了「梁上君子」的典故，倒使我想起中學時代，我自己的一件眞實故事，相當有趣：

有一個晚上，我因爲感冒微微發燒，校醫不准我上夜課，就一個人躺在八人一大間的寢室裏，關了燈靜靜地休息。正矇矓中，卻聽見陽臺上有輕微腳步聲，接著一個黑黑的人影從門口掠過。我最怕鬼，嚇得幾乎喊出來。但馬上記起同學說的，有鬼來，不要作聲，他就不會跟你作對。於是我把頭縮進被裏，但仍忍不住露出一隻眼睛看他究竟幹什麼。沒想到他伸出一隻黑黑的手，去拿陽臺鐵絲上同學晾在那兒的毛衣，我立刻斷定他是個小偷。心想怎麼辦呢，如果一喊，他一定會進來掐死我，但如一聲不響，眼睜睜看他偷走同學的毛衣，實在太對不起同學，也顯得太沒勇氣了。此時心中忽然想起老師前幾日剛講過的陳寔感化梁上君子的故事，覺得小偷原也是好人，膽子馬上壯起來，就假裝喊一聲鄰牀的同學，自言自語地說：「你記得老師給我們講的那個好小偷的故事嗎？陳寔教孩子要勤勉立志，學到一份謀生技能；就不會去當小偷了。那個小偷聽見，感動得改過自新了。」我邊講邊看那黑影，他竟丟下毛衣，悄悄地溜了。我的心狂跳著，眞是好險啊！同學下課回來，我把這事講給她們聽，她們都大笑說我滿聰明的，居然能活用故事到實際生活裏，也把小偷感動了。其實那個小偷也許根本沒聽我在講什麼，只聽到有人說話聲音就嚇跑了。

可是今天我反倒不敢這樣做了，因爲今天的人心不同了啊！

外公講故事

我小時候在家鄉，給我最多的愛和歡樂的，除了母親，就是外公。當然還有長工阿榮伯，花匠阿標叔。但是他們沒有那麼多的「學問」。外公肚子裏的故事，永遠講不完。我給嚴厲的先生背完書，就端一張竹矮凳坐在外公膝前，摸著他粗糙的手，紫檀色的竹子旱煙筒，聽他講故事。

那時候沒有像現在這麼五彩繽紛的兒童讀物、兒童畫。一本《二十四孝》和一本兒童模範故事，讀來讀去也讀厭了。我問外公，王祥脫得赤膊，躺在冰上凍得半死，才有一條鯉魚給媽媽吃。做孝子實在太難了。還有閔子騫，後母虐待他，只給他穿塞蘆花的假棉襖，他在大雪天咬著牙根說不冷，爲的是生怕父親責怪後母。小小年紀，怎麼會這麼偉大？我和我的小朋友們哪裏做得到呢？外公說：「這才叫做模範哪！模範總是高人一等的。常人做不到沒有關係，但是總要朝著好的方向走。」

但是外公很少講嚴肅的故事。他講的故事，有的驚險，有的笑得人肚子痛，有的讓你猜謎似地，有的又讓你不由得掉眼淚。

他常常講他自己小時候頑皮的故事。他說有一次上山砍柴，忽然長毛賊來了，拿著長槍在搜山，他趕緊躲在叢林裏，屏住呼吸。長毛賊的硬靴正踩在他的小拇指上，幸好背對著他。他咬緊牙，忍住痛，不敢聲張。長毛賊走後，他的小拇指也斷了。

從此以後，他每次遇到危險或困難的事，都會看看自己的小拇指，心就定下來，勇氣也來了。他說一個人一生不會都是風平浪靜的，所以一定要有克服危難的勇氣和機智。他當時說得並沒這麼文謅謅。但是我後來漸漸長大，他講的道理，我都能體會了。

我回想起來，外公還是個文字學專家呢！因爲他時常把很多筆畫的字，和相同字音的字，拆開來，又拼起來，講給我聽。我還記得他講的「橋」字，他說：「有木是橋，無木是喬，去掉橋邊木，加馬便是驕。」然後再加兩句《論語》：「貧而毋諂，富而毋驕。」他又講個棋字；「有木是棋，無木也是其。去掉棋邊木，加欠便是欺。」然後加兩句成語：「龍游淺水遭蝦戲，虎落平陽被犬欺。」我聽得入了神，所以牢牢記得。

最有趣的是他講一個秀才和農夫對對子的故事。農夫說自己沒有肚才，只看見桌上幾滴酒，就隨口念了一句「一點，兩點，三點，氷冷酒」，請秀才對，他竟對不出來。因爲「氷冷酒」三字的偏旁剛好是一點兩點三點。秀才後來死了，在他墳上開出一朵花來。他的朋友一看，是「丁香花」，才知道秀才死後不甘心，還是把對子對了出來。就是「百頭，千頭，萬頭，丁香花」。因爲「丁香花」三個字的字頭，正好是「百、千、萬」三個字的字頭。

在今天，小學一二年級的小朋友們，抄書抄得好辛苦，不知在寫字的時候，對字音和偏旁，有沒有興趣去聯想或分析呢？

父與子

在舊時代，做父親的，對兒子的是否成器，常常是拿即席賦詩或作對子來考驗。《紅樓夢》裏的賈政對他的寶貝兒子寶玉，不也是如此嗎？

話說有一個抽大煙的父親，躺在煙牀上吞雲吐霧地過足了煙癮，一眼看見十歲的兒子，蹲在他身旁，鼻子和嘴巴一張一合地，也在享受著老子噴出來的二手煙香。他不免擔心兒子萬一做了他的「衣缽傳人」，一定會把他的家業敗光。心裏倒想試試他究竟是塊什麼料。於是喊了他一聲說：「兒子，爸爸出個對子給你對，看你對得如何？」

「好呀，您快說吧。」兒子非常高興。

「百丈潭中千尺水，——」父親得意地慢慢念出來，心想此句氣概不凡，可以試試兒子的「胸襟」。

兒子指著煙盤裏一個小小煙膏盒，隨口念道：「單錢盒裏十分煙。」

父親一聽，對是對得眞工整，可是取材於煙具，長大了不也是個抽大煙的嗎？因此不免憂形於色。坐在旁邊的太太說：「你在屋子裏抽大煙，他當然只會說這些，帶他去花園裏觀賞一下花木，他眼界就不同了。」他覺得有道理，就牽著兒子的手，散步到花園中，在池邊站定下來，他念道：「荷葉魚兒傘，你對對看。」兒子馬上回答：「棉花蚤子衣。」

父親一聽，越發洩氣了，這不是叫化子的口氣嗎？此時祖父出來了，笑盈盈地說：「你出的是風花雪月的句子，叫他口氣怎麼大得起來？讓我來出一句氣概大的給他對。」於是念道：「『銀槍一桿，殺退精兵十萬。』孫子，你對吧。」

孫子不假思索地對道：「竹竿半截，打死餓狗千頭。」

祖父也洩氣了。孫兒腦子是眞快，可惜注定是個討飯的命。止歎息著，老師來了，老師聽了這三副對子以後說：「我再來試他一次，」就念道：「金鑾殿上呼萬歲，萬歲萬歲萬萬歲。」

聰明的學生接口得更快了：「十字街頭喊老爺，老爺老爺老老爺。」

這回，祖父、父親、老師，統統服了這個有肚才的未來叫化。

改行

記得小時候，老師給我講過一個故事。

有一個私塾老師，因爲東家小器，三餐只供薄粥一碗，他氣不過，在牆上題詩一首：「粒米熬成一碗油，春風吹過浪悠悠。澄清恰似西湖水，引得漁翁下釣鉤。」東家並不理會，照樣的供他三餐薄粥。有一天，來了個要飯的，看了這首詩，搖搖頭說：「一三兩句還好，二四兩句不妥。」老師不服氣地問他哪點不妥。他笑笑說：「作詩一定要切合實際情況。第一句很好，第二句的春風就不對，這屋裏哪來的春風？我給改爲『鼻風吹下浪悠悠』，你低頭喝粥時，鼻子微微的氣都會把粥吹起浪來，粥之薄可知矣。第四句尤其勉強，你屋子裏哪來的漁翁？我給改爲『照見先生在裏頭』。你以爲如何？」老師聽了只有歎服。卻奇怪地問他：「你一個要飯的，怎麼會有如此的文才呢？」叫化苦笑一下說：「不瞞你說，我當年也和你一樣，是個坐冷凳的教書先生，我幾乎餓死了。左思右想，不如改行當叫化子，要了飯反而吃得飽飽的。老兄，我勸你還是快快改行吧。」

我那時聽了故事，笑得前仰後合。笑完了，卻問老師：「先生，那你爲什麼仍舊願意當老師呢？」他笑咪咪地說：「那是因爲我有個聰明伶俐的學生，時常送我甜糕吃呀！」老師原來是位幽默大師呢。

親屬關係

外公給我講過一個謎語故事，至今記得：有一個老人，喝醉了酒，倒在路上，過往行人都沒哪個去理會他。一個尼姑走過，連忙俯身將他扶起，送回家去，看神情好似對他十分關懷。路人不免奇怪地問她，「你一個出家人，怎麼知道他的家在哪裏？而且對他這般關切？」尼姑笑了笑，隨口念了四句道：「十字街頭臥醉夫，醉夫酒醉無人扶。醉夫妻弟尼姑舅，故爾尼姑扶醉夫。」

講完故事以後，外公要我猜，尼姑和這個醉漢是什麼關係，我想了很久，才恍然大悟，醉漢就是尼姑的父親。外公說，「尼姑雖然看破紅塵，出家了，但對於親生父母，仍然有割不斷的情意與孝心。」我那時小小年紀，聽了覺得十分感動。

這個故事，編得也很有趣，是老一輩的爲了教孩子如何分辨親屬關係，想出這麼四句順口的句子，讓孩子彎彎曲曲地去猜這兩人之間的親屬關係，也未始不是活潑的教育方法。

想想今天大陸的人口政策，是每家只限生一個孩子，如此則下一代的子女，都只是一子或一女單傳，沒有兄弟姊妹。再下一代，也就沒有伯、叔、舅、姑等的親屬觀念，如果他們的外公要他們猜這樣的謎語，那就再也猜不出來了。

五指爭先

幼年時，教我讀書的老師，講了個故事給我聽。

五個手指頭一直是好兄弟，最最合作的，有一天，他們吵起來了。大拇指說：「我最神氣，人們每回說第一、頂好時，總是把我一翹起，所以我是第一、頂好、老大。」

食指馬上說：「你老大只不過是空架子，那有我實惠？凡是有好吃的，伸出去一點的總是我，古人說食指動了就是有得吃了。」中指不服氣地說：「你們且伸直了和我比比看，哪個有我長，有我高，我又位居正中，當然是我最神氣。」無名指冷笑一聲說：「我且問你們，是虛名重要，還是財富重要？看我，緊挨著中指，但人們的戒指總是戴在我身上，有得多才輪到中指，如戴在食指大拇指上就怪怪的了。何況老子說的：『無名天地之始，有名萬物之母。』我是天地之始呀，你們都不用爭了。」

小拇指乖乖兒的，一聲也不響。四個指頭就問他，「你怎麼不開腔呀？」他歎了口氣說：「我只是老么，有什麼可說的呢？剛才聽四位哥哥都各有一套道理，我什麼都不會，只跟在你們後面。但我想，如果沒有我的話，一隻手伸出來就不好看了。」四個手指彼此看了一眼，覺得小拇指說得是有道理嘛，停了一下，小拇指又冒出一句：「何況拜佛拜祖先的時候，一合掌，我總是站在最前面的哩！」

聽得四個哥哥都笑了，從此和好如初。我的老師是個虔誠佛教徒，所以在最後加了這麼一句。現在我每日拜佛拜祖先時，都會想起這個故事，心頭感到十分溫暖。

盲人替工

有一個盲人，每天在固定的街角，等候善心過往行人的佈施。一個行人丟給他一枚一元的硬幣。他立刻喊道：「先生，昨天你給五塊，今天怎麼只給一塊？」行人奇怪地問：「你怎麼知道是一塊不是五塊，連丟下去的聲音都分辨得清楚嗎？」他笑笑說：「我不是瞎子，這兩天是來給我朋友替工的。」行人又關心地問他：「你朋友生病了嗎？」他說：「我朋友呀？他看電影去了。」

這是我在臺北時，朋友講的一則笑話，不知是挖苦盲人，還是挖苦樂善好施的行人。中國人都講厚道，明知有的盲人不一定是眞盲，正如有的乞丐把一雙腳打扮得血肉模糊非常恐怖，以博取人們的憐憫，同樣是利用人的同情心，但君子可欺以其方，不可妄以非其道，像這個盲人就未免太過分了。

身體殘障是最值得同情而當予以協助的，我看見美國許多盲人，都能獨立生活。

他們有的經過盲人工業之家的特殊訓練，日常的起居生活，都能自己照顧，有的還能上班工作謀生。我曾去參觀過紐約的盲人工業之家（Industrial Home For The Blind）。他們的合作、互助，他們的自強精神，眞令人欽佩。

但我也看到許多四肢五官齊全的懶漢，在地下車站等人丟角子或到處拾煙蒂，他們與前述笑話中那個盲人替工相比，不是五十步與百步之間嗎？

螞蟻報恩

小時候，母親時常告誡我走路不要亂蹦亂跳，不但沒有女孩兒家的文靜樣子，而且也會在無意中踩死許多螞蟻，造下好多孽。媽媽說螞蟻是小昆蟲中最最會知恩報德的呢。

於是她講了一個外公講給她聽的故事：

一隻小麻雀在水溝邊跳躍玩耍，啣一根小樹枝丟在溝裏，一隻螞蟻快被水淹死了，幸虧由樹枝爬上路面，才沒被淹死。那麻雀飛上樹梢，一個小孩瞄準牠正要開槍，螞蟻爬上小孩腳背，狠狠咬了他一口，小孩一痛，槍就沒射準，麻雀聽到槍聲，一驚飛跑了。麻雀無意中救了螞蟻一命，螞蟻也無意中救了麻雀一命。這也許就是科學家們所謂的「第六感」吧！

外公還給我講了個更有趣的故事：

有一個人進京趕考，看見路上一隻大螞蟻膠著在泥淖中，非常可憐，他俯身用樹枝將牠挑出，放在乾燥地方，螞蟻爬走了。他進京考試完畢後，得知已經考中了，監考官召見他，問他可曾做過什麼善事，他想來想去沒有。監考官說：你的試卷裏，把一個「主」字誤寫成「王」字，我有點生氣，覺得你太粗心了，原不打算錄取你的，可是在第二遍再看時，「王」字卻變成「主」字了。仔細一看，那一點竟然是隻大螞蟻，不偏不倚，正正確確地停在那裏，吹也吹不去。我奇怪螞蟻居然認得字，幫你點上那一點，想想你一定做過什麼善事吧！再一讀文章，原來寫得非常好，差點被我粗心漏過了。」這學生聽完了，才想起自己用樹枝挑螞蟻救牠一命的小事，內心萬分感動，莫云小動物無知，牠居然知道報恩呢。

這兩則螞蟻報恩的故事，並不能視爲迷信。這是佛家所說的因果循環。有一個因，自然種下一個果，善因得善果，惡因得惡果。我們爲人，一生的立身行事，焉得不時時心存善念呢？

山頂上的縣衙門

四川省有個長壽縣。當年的縣衙門，竟高高地坐落在一個風景幽美的山頂上，據說古老時代，有一位縣太爺愛民如子，但因爲這一縣的民性好訟，雞毛蒜皮的小事，就要扭到公堂告狀。好心的縣太爺怎麼勸也沒用，後來想了個辦法，把衙門搬到山頂上。這不是逃避爲百姓排解糾紛的責任，而是故意要百姓多走點路，爬一點山，一路上，就不由得會平下氣來想想，爲芝麻小事，値不値得對簿公堂，傷了鄰里街坊的和氣。

這個法子果然奏效了。老百姓在上山之時，沐浴在清新的空氣陽光中，對著蒼松翠柏，鳥語花香，胸中那股怨憤浮躁之氣，自然平息下來，覺得這個世界，原是美好祥和的。人與人之間，原當和平相處，互信互助才對。於是告狀爭個輸贏的念頭也沒有了。因此這個縣分的百姓，以後就很少有告狀的事。山頂上的縣衙門就一直不拆除，以紀念縣太爺的德政。

這位縣太爺用無言之教，眞可說是一位仁厚智者。他懂得以悠然的充裕時間，與大自然的美景，化解怨恨，啓發良知。孔子說：「聽訟，吾猶人也，必也使無訟乎。」即是此意了。

現在民主時代的法庭，也有爲人民疏解訟源的政策與措施，民事案件，法官在審理之時，務必心平氣和地勸導雙方當事人。勸得他們有的當庭和解，有的庭外和解，自願撤回告訴。其用意也和那位山頂上的縣太爺一樣。法官的勸人和解，不是懶於作判決書，而是「使無訟也。」

長壽縣的百姓能夠長壽，大概就因爲心平氣和之故吧？

度歲有感

來美國，今年已經是第三度過農曆新年了。前兩年他公司都沒放假，今年巧逢週末，自然的放假了，眞是天可憐見。更巧的是除夕前一天，紐約區大雪紛飛，電臺報告會積雪五寸，看情勢好像一天都不會停，那就苦了辦公的風雪歸人了。所以公司主管宣布提早一小時下班，以免趕上交通阻塞，好讓大家早點到家過年，讓做媽媽的給孩子們多做幾個甜甜圈。媽媽做的，究竟和買的不一樣啊！

說起來只提前一小時，而這一小時的黃金時間，卻包含了中國人無限溫暖的人情味。

過年對「垂老未還鄉」的人來說，總是別有一番滋味在心頭。定居臺灣三十多年，在心情上已認它爲故鄉。因此在美國過年，心頭浮現的印象，最鮮明的是在臺北與親友們歡聚的情景。對於遙遠不可及的眞正故鄉，也只有「不思量、自難忘」而已。

在臺北時，每年除夕，好友會給我送來她獨家的蘿蔔絲糕與細切細炒的十香菜。妹妹為我送來甜甜的年糕，乾女兒給我送來香噴噴的粽子。吃在嘴裏，溫暖在心頭。我也給他們送去自己的家鄉菜。現在呢？對著漫天風雪，懷念著一個個親友的琅琅笑語聲，懷念著臺北街頭熙來攘往的人羣，琳瑯滿目的年貨。心頭那份冷冷清清的感受，恐怕不是國內忙得團團轉的朋友們所能想像的吧！

想起在抗戰第一年，避寇回鄉，父親於新年率領全家祭拜祖先時，曾作了一首詩，最後四句是：「一聲砲竹連烽火，萬種煩憂動暮笳。猶喜團圓開歲宴，差勝杜老賦無家。」父親的煩憂當然是重重的國難家愁，他於次年即不幸病逝，不及見到他預期的抗戰勝利。

那以後，我在戰亂中，顛沛流離，一身漂泊，哪來的團圓歲宴呢？到臺灣後，才建立起家庭，過了三十多年安和樂利的生活。可是每於農曆年時以鄉音低吟父親的詩句，仍不免滿懷悵觸。

「一歲所餘只此夜，明朝又是百年身。」這是大家都知道的守歲詩，無論古人、今人，對一年的最後一天，總不免無限依戀。但，如果不能把握「明朝」的話，「百年」與「一夜」又有什麼差別呢？

——七十五年元月

家變

我曾寄一本近作給以前的學生，在扉頁上題上他們夫婦的名字。卻久久未得回音，忍不住撥了個電話問她。她遲疑了半晌，才以低沈的聲音說：「老師，很抱歉，我不知怎樣回信對你說，因爲不願你爲我難過，我們分離了，他搬出去了，最小的孩子跟著我。……」她一個字一個字說得很穩定，沒有悵惘，也沒有怨怒。

我卻是非常的震驚，一對結婚將三十年的夫妻，兩個兒子都已成家，幼女亦已念中學，患難相依，艱辛困苦中建立起的一個家，怎麼可能說散就散呢？我立刻說：「夫妻相罵無好言，氣過了就好，你們是暫時分居吧！」她立刻堅定地說：「不，是永久，我們已正式離婚了。我感到好輕鬆，忍受了將近三十年，已經夠了。他不是壞男人，但不是好丈夫。我們離之則雙美，合之則兩傷。……」我不願再以膚淺表面的言詞去安慰勸導她。一個人下這樣的決心並不是容易的，相信以她與丈夫的年齡，都不會意氣用事的，世間該那樣的事，就由它那樣吧！

不久，她丈夫打電話來，輕描淡寫地對我說：「我倒覺得與她分離以後，日子過得單純而輕鬆，只是有一點感想：形跡上親如夫婦，彼此心靈的溝通仍是那麼不容易。因此互讓與容忍就成爲一種痛苦的負擔。倒是現在於孤獨中反而得到了平靜。」

他提到「孤獨」二字，那麼他還是有「孤獨」之感囉！他是珍惜這份孤獨以求有所省思呢？還是於怨怒之餘，寧願孤獨地生活呢？我眞有點茫然。

有一位友人的鄰居是一對八十餘高齡的外國夫婦，妻子逝世之後，老先生住進老人院，卻時常回到舊宅探望空空的屋子，只爲摸摸老妻親手擺在客廳裏的一張張照片與飾物，以及櫥中的器皿。他歎息地告訴我那位朋友，說他們六、七十年來吵吵鬧鬧。吵起來都用自己的母語，各說各話，吵完了，雨過天青，他們又用彼此共同的法語唱歌、談天。如今老伴先走了，他才眞嚐到孤獨的滋味，才知道當年一吵起來都說寧願孤獨的話是假的。

這位朋友孤單了好幾年即將成家了，我望著她美麗的臉容，幸福的神情，和轉述老夫婦故事時的一絲迷茫。我內心在默禱，但願她從孤單中走出，享受夫妻患難相依的幸福。

記得有一篇寫孤獨的文章，作者感慨今日爲孤獨所苦之人，愈來愈多，即使夫妻相依相守，彼此仍是孤獨的，原因是愛得愈深，愈覺孤單，彼此的責望愈切。但作者最後的結論是：「孤獨感是心靈的覺醒，能體會孤獨的人才能愛。兩個極爲孤獨的人，在最後必彼此被逼共同分擔憂患與痛苦、希望與失望，因而更了解相親相愛的眞諦。……」

其然，豈其然乎，如眞如此的話，那一對結褵將三十年的夫婦，爲什麼都覺得獨處反更自在呢？

古語說「夫妻是緣，有良緣，有孽緣，無緣不聚。」那麼分手的該是孽緣吧。

在臺北時，我們女朋友一羣時常喝下午茶歡聚，談笑中都會多多少少數落丈夫的不是。曾有一位問大家「如果下輩子仍生爲女兒身，婚嫁的話，還願意嫁給原來的丈夫嗎？」有一位很快地回答：「當然願意！」「爲什麼呢？你不是正在抱怨他嗎？」她的回答是：「天下烏鴉一般黑，天下男人一般的粗心大意，再找一個反而麻煩，還是原來的丈夫省事，究竟彼此相知有素啊！」一陣哄堂大笑，大家都起來說要回家給冤家做晚飯去了。

這就叫「不是冤家不碰頭」，是良緣也就是孽緣吧！

但願我那學生，過一陣子，會感到「合之則雙美，離之則兩傷。」「白頭到老，吵吵鬧鬧」，才不致有被孤獨啃噬的難堪滋味啊！

祖母老師

與一位老同學通電話，她風趣橫溢地講她的生活近況，說她每年必從西岸飛到東部女兒家住一段日子，主要任務有二：一則是讓忙碌的女兒女婿有一個輕鬆的時間，出去度幾天假。二則是讓原來一句中文都不會講，一個中文字都不認識的孫兒孫女，對講中國話、對中文發生興趣，知道自己的根在哪裏，仍舊是中國人。因爲祖母口若懸河，有講不完的歷史掌故、民間傳奇，與生活上的有趣笑話，逗得全家聽不厭。

她說她的教中文方法是不先強迫他們認字，只用標準的國語講各種故事，聽得他們入神以後，才把內中重要的關鍵字寫給他們看，他們一下子就記住了。遇到象形字，說到那樣事物時，就用畫圖畫的筆調，寫給他們看，他們就大大地發生興趣了。

但她擔憂的是孩子再長大點以後，說中國話的機會愈來愈少，距離中文也愈來愈遠了。有的父母在家中還盡量與子女說中國話，有的就乾脆說英語，有的則以雙語交談，父母說國語，孩子說英語，反正能溝通就行了。幸好她的孫兒女至今仍能說標準國語，祖母老師之功也。

忙碌的母親們每週帶孩子上中文學校，但一暴十寒，且教本未能十分適合此地生長之兒童的興趣，所以收效甚微。有的母親們如稍加強迫，孩子就會問：「別的小朋友都只學一種語言，我爲什麼要學兩種？」因此，我的同學覺得，要引起孩子們學中文的興趣，一定要先從灌輸他們中國文化的基本知識上入手，講中國歷史故事，中國民情風俗，選那些合情合理的、適合他們生活興趣的愛的故事來講，他們聽得津津有味，也會用英語轉述給鄰居小朋友們聽，祖母還可在邊上旁聽學英語呢。他們對中國人的生活習慣、社會背景、歷史文化，於潛移默化中發生興趣以後，就主動地願意多認識中文，以便自己閱讀中國書了。當然，這得付出很大的耐心的，忙碌的父母親辦不到，這位懂得兒童心理與愛的教育的祖母，就把這份責任負起來了。當她的孫兒和我講電話時，那一口標準的國語，和彬彬有禮的稱呼及談吐，就知道她的教學法是相當成功的。

回想起我這位同學，當年在中學時，就是幫助我們學習史地的好老師。無論多麼艱深複雜的歷史故事，經她一講，就有了概念。無論多難記的年代、地名、人名，經她巧妙的聯想法一說，就牢牢記住了。我們都誇她是有魔術的，她卻說自己是「人之患」。她在學校修的是教育，來美結婚後，一面相夫教子，一面獻身教育，教中、英文都有一套方法，成效顯著。尤其受學生的愛戴。她現已年逾花甲，於含飴弄孫的歡樂心情中，再教育第三代。她是位成功的祖母老師。

寫到此，又想起她在電話中告訴我的一件有趣事兒。有一次，她香港的英國鄰居問她家的電話號碼，她告訴她是七五〇——九八〇，鄰居覺得不大好記。她馬上對她用英語說：Seventy five old? Ninety eight old!鄰居大笑，馬上記住了。

我聽了立刻想起中學時，她想出種種滑稽的句子，來幫我們記外國史年代的有趣事兒。我問她：「哥倫布發現新大陸是哪一年？」她說：「一死救爾。」我們都哈哈大笑，又都回到了中學時代的青春年少。

禍與福

可能是由於疲勞或情緒緊張，有時眉毛骨下的眼皮會微微地跳，不痛不癢，但總覺得妨礙視線，很不舒服。有句俗話說「左眼跳財，右眼跳災。」偏偏我跳的是右眼，豈不「耿耿於懷」，提心弔膽嗎？其實是財是災，全由於各人的心理狀態。所謂「禍福無門，惟人自招。」也許多金更會招來煩惱與災害。反之，時時反省與警覺，倒可以避禍趨福。

舊時代農村的人，大清早如見烏鴉從頭頂飛過，「呀呀呀」的「對你」叫三聲，你就得向天空吐一口口水，連喊三聲「呸呸呸」，以破一天的霉運。外公卻說：「寧可聽烏鴉的嘴，不要信喜鵲的心。因爲烏鴉直言勸告，忠言逆耳利於行，喜鵲則是巧言令色，鮮矣仁。」外公總是勸人存好心，行好事，不用自求多福而福自至。

記得多年前有一位長者朋友，她總是和顏悅色，樂於助人。有一次她從高雄公畢回臺北，已跨上火車，一位朋友匆匆趕來，說有要事奉商，一定請她犧牲車票，搭他自己開的車子，一路談，一路回臺北。到了家一看電視新聞，才知道她原打算搭的那輛火車出了大車禍，死傷無數，她慶幸自己逃出劫數，趕緊電話通知朋友們放心。大家都紛紛送鮮花向她致賀，說她一定是做了許多好事。她從容不迫地說：「我並沒有特地做什麼好事。只是平時心中總想著令人愉快的事，時時記著別人對我的好處，和自己已擁有的幸福。嘴裏從不說難聽的話，殘酷的字眼。盡量做到心不存惡念，口不出惡聲的地步，心情就會平靜、快樂，這不就是福嗎？至於這次逃過車禍，自然要感謝上蒼的佑護，但也爲千百罹難者哀傷。許多應該避免的人爲因素，是與個人禍福無關的。古人不是說：『五百餘人同日死，天下奇事哪有此嗎？』」她的一席誠懇之言，值得我們三思。

由於「禍福」二字，又使我想起一個古老的故事：有一位大兵，休假中閒逛，看見一個婦人在河邊哭泣甚哀，問她什麼事，她說丈夫辛辛苦苦砍來的一擔柴，要她去賣，卻被人騙了，拿到一塊銀元是銅的。丈夫回家，一定會被痛打，不如投河死了的好。大兵叫她把銀元給他看，他自己身邊正好只有一塊銀元，就偷偷給換了一下，遞還她說：「你放心回家吧，銀元不是銅的。」她抹去眼淚回家了，大兵不久上戰場，一粒子彈飛來，恰巧打在那換來的假銀元上，銀元凹進去，他的性命保住了。這是善有善報的勸世故事，也是我幼年時大人們給我講的「兒童故事」，我就自自然然地記在心頭。

佛家講因果報應，其實因與果的循環，是天地間自然的法則。《聖經》上說：「不要忽略根的栽培，要在暗處扎根，在明處開花。」不也是善因得善果的道理嗎？

玻璃筆

我手上用的是一枝國產透明塑膠筆桿的原子筆，當時買了一打，現在已剩下最後一枝了。可是所有的空筆桿，都全部保留著，裝在一個盒子裏，有時還取出來「觀賞」一番，眞想利用它們做出一樣手工藝品，卻又無此藝術匠心。我原是個捨不得丟棄廢物的人，但對保留這些空筆桿，卻是另有一份心情。

多年前，我在臺北寓所附近的文具店，買了一枝原子筆，筆桿是透明的，我每天用它，看著塑膠管中的藍墨汁漸漸下降，點點滴滴地將我的思與感，化成文字，落在紙上，我想到「夢筆生花」，馬上又想到「油盡燈枯」。若是有一天，我的腦子退化了，心靈枯竭了，就像塑膠管中的油墨消耗完畢，一個字也畫不出來，只剩下一枝空無所有的筆管，無聲無息地被扔進垃圾箱。想到這裏，不由得悲從中來，字也寫不下去了。

有一次給一位年輕讀者寫信，提到不捨得丟棄空筆管的心情。過了幾天，她給我寄來滿滿一盒空筆管，信裏說：「阿姨，知道您也愛玻璃筆管，我們有志一同，我好高興。現在把我收藏的分些給您。我不寄新原子筆給您，是因爲寄我自己握過的筆桿更有意義。它們幫我度過多少個大大小小煎熬人的考試，如今我已是高中學生了，今後不知還要消耗多少枝原子筆中的墨汁，才能叩進大學之門。因此我格外喜歡用透明塑膠管的原子筆，我稱它爲『玻璃筆』，一枝的墨汁用完了，馬上接上另一枝。只要我勤奮，只要我有思想，墨汁永遠源源而至。用空了的筆桿，非常玲瓏可愛，我對它們有一份相依相守的情分，所以全都保留下來，抽屜裏都裝滿了。媽媽笑我傻，我說等我大學畢業時，要用這些玻璃管搭一座小小玻璃屋，媽媽聽了也好高興。現在我給您寄一些，加入您保留的筆管陣容，是我的光榮。但要求您也寄給我幾枝，留作紀念。也許有一天，我也能成爲一個文思泉湧的作家，那該多好啊……」

我讀著這封情誼眞摯的信，看著她的照片，那一對活潑的眼神，充滿智慧。我於感動之餘，覺得她已是斐然成章的作家了。

我馬上寄了幾枝空筆桿給她，也稱之謂「玻璃筆」，我們成了意義深長的「筆友」，這已是好些年前的事了。後來也許是由於她課業太重，好長一段時間，沒有她的信。我有些惦記，找出她的地址去信問她，她只短短答我說功課太緊張，很想給我寫信而無時間與心情，她說希望考取臺北的大學，就離我更近了。但從那以後，竟然就斷了音訊，我也因事忙，而漸漸忘了再給她去信了。

今天眼望著手中的「玻璃筆」，又驀然想起她來，心頭不免悵然。過分繁重的課業，折磨了一顆活潑的心靈，時空的距離也會沖淡了記憶。想來這個聰穎而且感情細膩的女孩子，一定已考取大學，她已另有廣闊的天地，豐富的友情了。

我又取出那盒玻璃筆，眞希望自己能有一點點藝術天分，搭出一座小小玻璃屋，那不是什麼「化腐朽爲神奇」，而是與那位「筆友」心靈的再溝通。全心祝福她的文思，如源頭活水，涓涓而至。

電影與我

我原是個愛看電影的人，也曾寫過好幾篇看電影的回憶文。包含了對少年歲月的留戀，和對許多名片中深長涵義給我的感觸與領悟。

如今說起看電影，卻歎息那些絢燦的時日已離我遠去。在臺北的後來十年，我就從不去電影街擠。來美兩年多，除了在電視上偶然重溫舊片外，從沒進過電影院。眞有點「情懷老去」的感慨。

倒是想起小時候，有一次去看日本大地震的電影，那情景留下深刻印象。那時我才六、七歲，從不看電影的母親，難得由父親陪伴帶了哥哥和我一起去看。母親後來告訴我，那是惟一的一次「全家福」看電影。儘管電影內容驚心動魄，但在母親心頭的回憶，一直是非常溫馨的，因爲我曾聽母親多次提起那次的情景。

我呢？只記得銀幕上無數的人影在晃動，霎時間，地裂開來，房屋倒塌下來，我嚇得往母親懷裏鑽，連聲說：「媽媽，我好怕，回去吧，這一點也沒勞來哈臺好看。」可是哥哥看得好有興趣，大聲說：「怕什麼嘛，是電影呀！」我不免又用雙手蒙住臉，從手指縫裏偷看。正看見一個小孩坐在一堆亂木上，一個大人遞給他一樣東西，大概是米飯糰吧，他正要吃，地又震動起來，小孩跌倒了，米飯也滾落了，我又嚇得哭起來。

母親連聲念阿彌陀佛，回到家還一直在念。她對父親說：「聽你講中日戰爭，日本人好壞，天應該罰他。現在看他們老百姓在地震時死那麼多，心裏好難過。」

我不大懂，大我三歲的哥哥就一本正經地說：「媽媽，地震是天災，不是天罰。那麼小的孩子，怎麼會壞？壞的是那些殺人的軍官呀。」

父親摸摸他的頭，露出讚許的神情。

又有一次，教我們讀書的先生帶我們去看「鐵達尼郵船遇險記」，這課書我們已讀過，看起來特別有意思。看到被救到小船上的老弱婦孺流著眼淚，遠遠望著大船站在甲板上的人，逐漸隨船沈沒下去，我們眼淚也流下來了。哥哥仰頭問老師：「先生，那些守在大船上的人，就是你所說的舍生取義吧！」

老師連連向他點頭。

我們看的電影很少，但每回看完一部電影，回來都會回味好久，好像從那裏面領會很多似的。這也許就是我們童年時代，僅有的一點電影教育吧！

哥哥天資聰穎過人，小小年紀，就能分析事理，明辨是非，可惜十三歲就離我而去了。我們兄妹歡樂相聚的日子非常短暫。所以這兩次的同看電影，也使我永難忘懷。

花旗王國的眾生相

初識李勇，是在一位畫家朋友的晚宴上。我對他的印象是敦厚、樸實，說話平易，態度誠懇，因此一見如故，談得很投緣，以後常通電話也偶然見面，多次深談後，更發覺他是個豪邁正直、嫉惡如仇的性情中人。

他送了我兩本文集：《臺北、香港、紐約》與《紐約傳眞》。讀來都愛不釋手。他的文筆簡潔明快，論人論事，一針見血。他報導的筆鋒，則如龍蛇絡繹，活潑生動，充分發揮了資深記者的才華，而內容卻都是眞實而不渲染誇張。他曾對朋友說：「作爲一個記者，無論寫報導、寫短評，務須事事都有根據，語語都要負責，以求對得起讀者與自己。」可見他寫作態度的嚴謹。尤其難得的是他對大陸共產政權的徹底認識，分析得鞭辟入裏，足以催醒許多人對社會主義所存的幻想與迷夢，這是最最值得欽佩的。

現在他又將出版一本新文集。囑我寫幾句感想。我捧著稿子一篇篇看下去，竟是欲罷不能。他寫華人在異邦掙扎所受的挫折，寫越南難民的受歧視，筆底流露無限酸辛，他描繪美國社會諸般現象，有如讀傳奇小說，篇篇引人入勝。益見他搜集資料豐富，學識廣博，觀察深入，見解獨到。且於字裏行間，體會到他滿腔對國家民族的關愛情操，與悲憫情懷。而其語重心長之處，尤爲發人深省。例如〈在種族歧視面面觀〉一文中，他說：「黑人雖苦，也有啃書的能耐，中國人雖有啃書的能耐，不見得就能脫離苦境！」「因此，與其爲黑人歎息，不如爲華人抱不平……」顯得十分的沈痛，又如〈新聞記者的感慨〉一文，將美國與中國記者情況作一比較，對自己中國的記者生涯，感慨良深。但他筆調幽默之處，卻又引人莞爾。例如他諷刺美國人以年薪高低衡量作家與清道夫的價值觀念是「斯文」不如「掃地」，對於美國民主精神之徹底，卻是十分欽佩。

由於作者對美國國情透視愈深，對華人酸辛之處境愈了解，對共黨面目認識愈清楚，他的心情也就愈沈重。流露於筆端的，就不由得常常過分激動。他曾自我警惕說：「有時未免火氣太大了，以後要注意，自我克制一下。」我倒認爲，就由於這份「眞」，正是他文章的可貴處，也是他性格的可敬處。

這不是一本供人茶餘飯後消遣的小品文，而是一本既嚴肅又幽默，有諷諭也有輕鬆的上乘報導文學作品。讀本書，可以增加對美國的認識，擴充視野。更具有上文所說的「語重心長、發人深省」的作用。相信本書的問世，一定會受到海內外讀者一致的歡迎與重視的。

這是我這個粗涉的「先讀爲快」者誠懇的推介。

和尚、道士鬥法

和尚與道士，都是修行的出家人，應該心平氣和的，他們怎麼也會鬥法呢？要知道他們的鬥，是一種屬於內功的鬥，而不是刀光劍影，拚個你死我活的那種鬥。現在讓我來講個他們鬥法的故事給大家聽：

有一個和尚和一個道士，他們的道行都很高。有一天他們在一條獨木橋上碰頭了。走到正中央，兩個出家人居然誰也不肯讓誰。害得別人也被堵在兩岸了。有一位白鬚的老人給他們出了個主意：「二位法師都是道行很高的，何不比一下法力，哪一位勝利，另一位就退回讓他先過去。」和尚和道士一聽，覺得這倒是個好辦法，就相約比賽彼此追蹤，誰被追得沒處躲了，就是失敗。但這種追蹤並不是凡人有形的追蹤，而是精神上的追蹤，就是非常奇妙的入定功夫。於是兩人都入定了，和尚讓自己的心上天入地的遨遊一陣，道士的心就跟響尾蛇似的，緊緊釘在後面。和尚的心像蜻蜓似的，停在花瓣尖兒上，道士的心也就在他旁邊的葉尖上停下來。和尚的心安放在飄動的浪花上，道士的心也立刻追到浪花上。無論怎樣，都逃不過對方的追蹤。

兩個人都鬥得滿頭大汗，決定不了勝負。等得兩岸的人都不耐煩了。那位老人摸著白鬍鬚笑嘻嘻地說：「我看兩位出家人都太用心思了。換了我呀，我才不管我的心到哪兒去了呢。」這一說，點醒了和尚，他對自己一笑說：「我根本沒有指揮我的心，隨它到哪兒，我自己也不知道。」這一下子，道士的心就追蹤不到他的心，和尚勝利了。

這個故事，是我小時候吃齋念佛的老師講給我聽的。我聽了雖然覺得很有趣，但是不懂。莫說那時不懂，到今天仍然不大懂。想想這功夫有多難，不過老師講這故事的意思，是勸我們對人要隨和，不要一個釘子一個眼。凡事不要緊張，不要得失之心太重，心情放鬆，反而一切都很順利了。

生活教育

美國物質太豐富，年輕的一代，都被寵壞了，很少知道「節儉」這個字的意義。看小孩子們用紙巾就知道了。他們撕一張大大的、花色美麗的紙巾，只在嘴角或鼻子上抹一下，就扔進垃圾桶了。我看他們如此浪費，就直搖頭。外子說，要都拚命節省，就會引起商場貨品滯銷的後果呢！他那套商業理論，我無法接受。他的用紙之浪費，也叫我看不順眼。於是我想了個辦法，在廚房裏掛一塊毛巾，給他擦手，我寧可擔任每天搓一次的麻煩工作。他說我是時間精力的浪費，振振有詞地又拿「寧可錢吃虧，不可人吃虧」來勸導我。我呢，要拿生活教育感化他。

這塊毛巾，上面繡有Use me and wash me everyday。這字是十多年前，一位美國朋友自己繡的，她名叫凱蒂，我們在機場邂逅，一見如故，成了老友。她的節省，眞叫我感動，我們一直通著信。不久前她寄來這塊毛巾，一頭還用毛線勾上一個圈圈，釘一粒釦子，可以套在任何把手上。我也照樣再勾了一塊，掛在洗手間，如此省了我不少紙巾，也養成節省的習慣。

每次用毛巾時，都會想起凱蒂對我可貴的友情，和她農村婦女的節儉美德。這種美德，莫說今日美國婦女，就連臺灣，也很少能保持了。

我有一個小小塑膠蓋子，上面印著一行紅色的字：Save this cap, use on next can。我就很聽話地一直保留著它，用處才多呢！它可以蓋玻璃杯，把沒喝完的飲料收入冰箱。更可以蓋在同樣大小的鐵罐上，扣得緊緊的，出門旅行帶點零食非常方便。這麼一個微不足道的小小塑膠蓋，卻發揮了好大的用處。每回用它時，心頭都有說不出的欣喜，不只是高興自己如此善於利用廢物，也高興美國這樣一個大而化之的浪費國家，這家廠商，居然能想到在瓶蓋上寫這樣的字，教人節儉。尤其是對孩子們，不是很好的生活教育嗎？

我們中國人總是捨不得丟棄任何乾乾淨淨的空瓶空罐的。我是連漂亮的紙盒都一個個收在地下室。漸漸地都派上用場了。因爲許多的照片，在未貼入相簿本前，先分類插在紙盒裏，註明時間情況，一目了然。許多的剪報資料以及自己的文稿，也多一一用紙盒分類收好，查考時比大而扁平的公文夾方便多了。

外子譏笑我過的是魯賓遜漂流記的生活。我並不勉強他如此小氣派地節省，我這樣做，只爲給自己一點點生活教育吧！

兔子與蜜蜂

臺北一位朋友來信說：「這兩三年來，我忙得跟兔子一樣。但兔子也有安靜的時候，忽然想起遠在海外的你來……」她的關懷，使我好感動。

這位朋友是畫家又是詩人，她的成就非同等閒。人又熱誠，她的忙是可以想像得到的。

我只知道英文裏有「忙得跟蜜蜂似的」成語，但「忙得跟兔子一般」，倒是第一次聽到。而且立刻想起兔子一蹦一跳那可愛的模樣兒。

想想兔子和蜜蜂的忙碌，有什麼兩樣呢？大概蜜蜂是爲了「採得百花成蜜」，不管是「爲誰忙」，總是孜孜矻矻，辛辛苦苦地工作著。而兔子呢？牠活潑的性格，人見人愛的憨態，吃的是最簡單的蔬菜類，不必像蜜蜂似的未雨綢繆，苦心經營。那麼兔子的忙碌，大概是一種漫無目的，或因人緣太好，無法擺脫的無事忙吧！

我這麼說，這位朋友聽了一定不會生氣，反將會心地點頭。一個人有了相當高的成就以後，複雜的人際關係，有時會構成一種善意的干擾。對一個不忍心說「不」的人，就會忙得團團轉。幸得這位朋友年輕富於活力，就算她忙得跟兔子一般，卻也能忙得跟蜜蜂一般，爲自己釀出豐厚的蜜。

在信的末尾，她說：「女兒要考高中，每天擺著臉，在家裏走來走去，知道她升學壓力大，只好每天看她臉色過日子。」見得她這做母親的，心頭的壓力。記得她女孩和弟弟都好愛小動物，她的貓會帶小狗，狗會帶小貓，她還送了我貓狗相偎相依的照片。全家傍晚出去散步，貓狗在身邊並排兒追隨。如今他們遷居到臺北市區，可能不容易享受這份悠閒了。

但我倒眞希望她考高中的女兒，能像兔子似地，蹦跳一陣，不要老是像蜜蜂那麼嚴肅的忙。百花的香味固然濃郁，蜜的滋味固然甜美，但蔬菜瓜果也是不可缺少的新鮮營養。只要不吃飽了大打瞌睡，讓烏龜趕上前去就好了。

不知自比爲兔子的這位朋友，是否帶著小兔子，嬉戲於草坪之上呢！

老人與小擺飾

清晨散步，經過鄰家門口，看後院裏擺著撤清舊物的賤賣，最吸引我的是那些琳瑯滿目的小玩意，忍不住踱進去看看。卻見一位白髮如銀的老太太，安詳地坐在籐椅裏曬太陽。看我走近，頻頻向我點頭，嘴裏喃喃地聽不懂在說什麼。我向她道聲早安，就慢慢欣賞起各種小擺飾來。心裏卻奇怪，這麼可愛的小擺飾，又不佔據地方，爲什麼要賣掉呢？美國人眞是太現實，太不重視對舊物的感情了。

一個年輕婦人走來向我打招呼，問我喜歡嗎？我當然喜歡啦，卻忍不住問她爲什麼要把可愛的小擺飾賣掉。她看了下老太太說：「這些都是我這位姑婆的心愛之物，如今她要進養老院了，不能全都帶走，寧可把它們用最低價錢賣出，讓眞正喜歡的人拿到，也不願後代像分糖果似的隨便把它們分掉。」她又輕聲對我說：「我姑婆很固執，可是非常慷慨，我們也不忍違抗她的意思。」

我再朝她看看，她正在對我微笑，這回，她以爽朗的聲音說：「你快選吧！看這些東西多可愛啊！」

我看每一樣小擺飾，確實都是非常精緻可愛。我慢慢地欣賞著，心裏在想這位老人，眼看自己從童年到老年，一生所收集起來的心愛之物，每一樣都包含了她一點一滴的情意，有的更帶有她的華年綺夢，與酸甜苦辣的懷念。如今卻輕易地讓它們重新分散到每個不同的人手裏，她心頭是什麼滋味呢？她是不是已勘破一切，願將身外之物，還諸人間，表示赤條條一身來去無牽掛呢？

人來到這個濁世，就逃不過「生老病死」之厄，免不掉「愛憎貪癡」之念。但如到了八九十高齡，能以「存亡見慣」、「哀樂尋常」的超脫心情，冷眼看年輕人又踏著自己的足跡，重演人生悲喜劇，豈不又是另一種看山看水的境界呢？

西北闌干，夕陽無限，誰不曾有過年少春衫薄的好時光，誰又能保持青鬢長年少？看眼前這位老太太，她滿臉皺紋裏的笑靨，不也刻畫著她青春少女時代，花樣美麗的記憶嗎？

我選了好幾樣小玩意，花去十多元買下來。捧回家加入我的「小人國」陣容。對著一天天增加的愛寵之物，我癡癡呆呆地望了一個上午，無心工作。想到自己有一天，也像那老婦似的，坐在安樂椅裏曬太陽，賣小擺飾，眼看別人選走一樣，我都會心疼一下，可沒有像這位老太太那般的灑脫呢。

晚上把這想法告訴老伴，他笑笑說：「你呀，六根未淨，斷不了愛憎貪癡之念，割捨不了寵物，那就讓我坐在椅子裏守著攤位，你就再來買回去吧！」

盲點

看書稍久，擡眼對著特別光亮的方向，眼前就出現細細小小的黑點，在空中游移飛動著。起初只有一點，還眞當是小飛蟲來打擾呢，可是用手拂之不去，而且漸漸地增加爲兩點、三點。我當然知道，這種現象叫做「飛蚊症」，不僅僅是眼睛疲倦亮的紅燈，而是老的警告。於是馬上聯想起白內障、青光眼、網膜脫落等嚴重的病症。一知半解的「智識」愈豐富，心裏愈恐慌。平時我都是頭痛醫頭，腳痛醫腳，抹點去風油、紅花油之類的，哪怕是「六十肩」「七十肩」都可將就地帶病延年。惟有一雙眼睛是「靈魂的窗戶」，看書、寫稿、寫信不必說，做家務、外出任何活動，能不靠眼睛嗎？於是一向自認爲瀟脫「忘年」的，也不由得憂心忡忡起來。

看一次醫生，費用之貴不必說，最怕的是那些嚇人的話。比如我半年來的右腿及骨盆痛，熬不過時去看了醫生，竟然說可能要鋸掉換半塊人工骨盆。我就不信這個邪，每天用熱水沖澡後抹點去風油，居然好多了。去冬回國請教了榮總大夫，說沒事，放心好了，現在眞的就好了。如此想來眼睛裏的「飛蚊」，一定也會自然消失的。但又聽說這些飛蚊是老死的細胞漂浮在水晶體裏，只會愈來愈多，不會消失的。

我是個諱疾忌醫的人，外子卻恰巧相反，他是個對醫生奉命惟謹的人。幾個月前他眼睛有一點痛，左一次、右一次的看醫生，醫生給他一種叫做「人造淚」的眼藥水，就一直到今天，還在一日三滴地點。「人造淚」每瓶將近十元，他已滴掉將十瓶，屈指算算，合新臺幣四千元，要流點眼淚也要花那麼大本錢。不僅此也，醫生還叫他用那種嬰兒用的棉花棒擦眼圈，才不傷眼睛。直到今天，他還是早晚一棒在手，細心地把眼圈擦乾淨，再滴上人造淚。我看了有點生氣，不，實在是心疼他不必浪費的錢，勸他可以停止人造淚和嬰兒棉花棒了。他不但不聽，反倒勸我也試試看用人造淚。他說：「滴進後才叫舒服呢。」我才不和他牛衣對泣呢！我寧可在眼睛疲倦時，用水龍頭的冷水沖沖，再按摩一下，就舒服了。哪像他那麼返老還童地用嬰兒棉花棒呢？

他諷刺我說：「你呀，並不是飛蚊症，是眼睛望出去有盲點。」我問他「什麼叫盲點。」他說：「比如你把一個銅板看得比笠帽還大，遮住了視線，看不到失去健康的危險，就是盲點。」我生氣地說：「你才有盲點呢，你對自己的健康沒有信心，過分相信醫生的話，盡信醫不如無醫，過分的固執，造成了盲點。」

這種辯論當然不會有結果的。但我倒是相信「每個人都有盲點」這句話。一個人對事對人，如果都能驅除盲點，一定可以少犯許多錯誤。記得當年有一位廉明公正的法官對我說：「辦一件案子，眞個得明察秋毫，不能有絲毫成見。一有成見，眞相就分辨不清。」所謂的成見，大概就是「盲點」吧。盲點是蒙蔽你視線的某一點，會使你作出錯誤的判斷。

袁子才有兩句詩：「雙目時將秋水洗，一生不受古人欺。」有如此超越尋常的眼光，無論是讀古人書，讀今人書，以及對事對人的看法，都不會有「盲點」了。

「三一」課題

我原是個愛寫信也是盼信心最切的人。但近年來漸漸醒悟，給朋友寫信，是增加朋友心理負擔，去了信沒回音，內心又不免悵然。如果因事忙或身體心情欠佳，沒有即刻回別人信，又構成自己心理負擔。如此的惡性循環，倒不如盡量少寫信，除了有具體要事，最好不寫信。有什麼話想說的，寫在文章裏，自己心裏舒暢了，別人愛不愛看就無足掛懷了。

只有一種信，非回不可，那就是天真可愛小讀者的信，他（她）們有的稱我奶奶，有的稱我阿姨，有的甚至稱我大姊姊。他們的傾訴，他們的盼望，和他們附在信裏的剪紙卡片或圖畫，眞使我又感動又高興。由各報刊轉來小朋友的信，是源源而至的。我因而給自己定下一個原則，每天只回一封信，這樣才能保持精神飽滿，字句清晰，讓小朋友們看得明白。

由於「一日一信」的規定，使我想起中學英文老師的一句誨諭。就是「一日一字」，她說記英文生字，不必貪多，只要一天能記一個字，徹底了解這個字的意義、用法，和在文法上的變化，同時背誦多少種例句，那就是眞正把它記在心裏了。如此日積月累，一年就有三百六十五個字，兩年就超過五百字，要寫一篇簡單作文都綽綽有餘了。

可惜老師的話只當耳邊風，到今天，我腦子裏的英文單字，還擠不出五百個來。時不我予，現在覺悟已經來不及了。

我又想起在大學裏的一位老師，年逾古稀而精神健旺如少年人。請教他養生之道，他說很簡單的四個字：「一日一汗」。每天必須有恆的運動，方式由各人自己習慣，作體操、打太極拳、走路、家庭清潔工作都可以。一定要作到出一身汗才算徹底運動，比畫比畫是不夠的。

現代人過分忙碌，忽略了運動，飲食方面，營養又過剩，因此才有高血壓、血糖、膽固醇、尿酸過高等不一而足的文明病。當年我外公連做夢都沒夢到這些病名。他老人家活到八十餘高齡，牙齒堅固得可以嚼炒豆子，一天可以走七十華里山路，到處給人看病。他的健康，就是得力於他笑口常開的樂觀，與「一日一汗」的爬山運動。

「一日一字」「一日一汗」都要有恆才能做到，但最難的卻是父親說的「日行一善」。要每天念茲在茲，懷著虔敬、感恩回報之心，對苦難困阨的人，給予同情與援手，無論是精神上的或物質上的。這就是《聖經》上說的「施比受更爲有福」，也是孔子說的「仁遠乎哉，我欲仁，斯仁至矣」的明訓。可是我們有幾人能做得到呢？但無論如何，我仍當以此「三一」自勉。——「一日一字」、「一日一汗」與「日行一善」。

親愛的非乾孫

教書的總是「桃李滿天下」，我卻是乾女兒滿天下。平生以此自豪。因為我沒有女兒，見到朋友可愛小女兒，就誠心誠意地問：「給我做乾女兒好不好？」回報總是極高興地說：「好呀，紅包拿來。」

只有一個女孩子例外，她就是夏祖麗。她既美麗又有才華，從小她就愛聽我講故事，長大了我們又談得投緣，要求她做我乾女兒當然是順理成章的。誰知她的頭搖得跟博浪鼓似的，連聲說：「不要、不要。」我大為意外地問什麼道理，她說：「太麻煩了，新年得拜年，生日、母親節得寄卡片！我一位母親、一位婆婆就夠我忙的，乾媽就免了吧！」就這麼乾脆地被拒絕了，因此我是她的「老」朋友，而不是她的乾媽。貪心的我，總有點遺憾。

想起她結婚時，我給她細心地用彩色絲線紮了一對花生，她婚後就連生兩個男孩。我這個「非乾媽」的手倒也滿吉利的。如今兩個孩子安安已經念國中、康康也快小學畢業了。安安寫起文章來洋洋灑灑，連遊記裏都能發揮大篇理論。康康呢，正是大量運用成語時期，最妙的是他在日記裏寫：「爲聽母親的勸告，我已經苦口婆心地吃了好多菠菜了。」

有一天，安安問我：「潘婆婆，你爲什麼不是我媽媽的乾媽呢？」我說：「因爲你媽媽嫌麻煩。」他笑笑說：「一點也不麻煩嘛！」停了一下，他又說：「那麼我們也不是你的乾孫囉！」我好高興他問得這麼天眞、這麼熱誠，馬上說：「你們是我的非乾孫，比『非肥皀』、『非小說』有意思得多了。」他很高興地接受了。

在夏老伯母那年八十大壽的慶祝筵席上，我和安安沒有坐在一桌，他特地端了一杯酒過來敬酒，全桌的人都對他舉杯答禮，他回到母親身邊，悄悄地說：「其實我是給非乾婆敬酒的，但我不好意思大聲地說出來。」她母親告訴了我，我心裏好高興，「非乾孫」比乾孫還好。

他打電話給我，都自稱「非乾孫」。我們時常在電話裏談心。我眞是珍重這份兩代情——海音、祖麗與非乾孫。

我來美以後，遠隔重洋，不能通電話了。去冬我回臺時，安安特地把自己與弟弟的照片，裝了兩個迷你鏡框送給我：鏡框後面有磁石，我把它們貼在冰箱上，每天都看好多次。他們一臉小大人的神情裏，充滿了憨態。想康康天天「苦口婆心」地吃菠菜，一定長得跟哥哥一樣高，也一樣會寫洋洋灑灑的理論文章了。

祝福你們，親愛的非乾孫！

——七十五年五月七日

最後的握手
悼念摯友海音

十一月間回台北，趕去加護病房看望海音。我緊握著她的手，心中有點慌亂，只低聲說：「我是琦君，好想念你啊。」她眼睛睜得大大的看著我，和我相握的手一緊一鬆，一緊一鬆，明明是在表示心意。只是一時不能開口說話。我們默默相對幾分鐘。由於探病時間極有限，只好萬分不捨地向她告辭。她立刻把手一鬆，示意「你走吧！」完全是她一向的爽朗性格。我只好依依地走了。那竟是與她最後的握手了。

回想起有一年我回台灣，暫住青年會。她堅持要我到她的紫屋去住，以便隨時相聚。她豪放愛朋友，經常做拿手好菜款待朋友。記得有一次在她家餐聚，她興致勃勃地端菜出來，看見座間一位朋友在低頭禱告。她笑指自己的鼻尖說：「我做菜款待你，你怎麼去感謝上帝呀？」那位朋友說：「你對朋友的滿腔熱忱和你做菜的一雙巧手，也是上帝的恩賜呀。」全桌朋友都大笑起來，海音也笑了。她說：「這還差不多！」快人快語，令人感動。

她創辦純文學出版社，向朋友約稿，爲朋友出書，充分發揮了她超人的智慧與滿腔熱忱。因而業務蒸蒸日上。後因健康情形欠佳，她的得力助手次女祖麗隨夫遠去澳洲，她就毅然結束了出版社業務，將所有存書都無條件給了作者本人，絕不拖泥帶水。

她對好友在寫作上的關注，也帶著一股豪氣。她曾多次勸我爲何不寫點對詩詞的心得，以饗讀者，以報恩師，她至誠的勸諭深深感動了我，才開始重理舊業，選出我最愛的詞人若干作品，寫出自己的欣賞心得。在那段日子裡，海音幾乎每隔一天必來我家催我快寫，幫我抱孩子。她的熱忱，實在不容我偷懶，因而完成了一本對詞欣賞的入門書。書名是海音取的，由她特請齊邦媛教授以新文學角度寫了一篇長序。在各篇章見報時，承林文月、歐陽子兩位好友的賞識，寫了長長的評介，海音都特地收入集子中，以饗廣大讀者。

海音對朋友的至誠，對出版書籍的認眞，怎不令朋友由衷的感動，令讀者無限的欽佩呢！

——九十年十二月十七夜於紐澤西

（次頁是琦君〈最後的握手〉手稿）

中副稿紙

最後的握手

悼念摯友海音

琦君

十一月間回台北，趕去振復病房看望海音，我緊握着她的手，心中有些慌亂，只低声說：「我是琦君，好想念你啊」她眼睛睜得大大的看着我，和我相握的手一緊一鬆，一緊一鬆，明明是在表示心意，只是一時不能開口說話。我們默默相對幾分鐘，由於探病時間極有限，只好萬分不捨地向她告辭。她立刻把手一鬆，示意你走吧，完全是她一向的爽朗性格。我只好依依地走了。那竟是我和她最後的握手了。

回想起有一年我回台灣，暫住青年會。她堅持要我到她的家屋去住，以便隨時相聚。她替我邀好朋友，經常做拿手好菜款待朋友。記得有一次在她家餐聚，她喜孜孜地端菜出來，看見座間一位朋友在低頭禱告。她笑指自己的鼻尖說：「我做菜款待你，你怎麼去感謝上帝呀？」那位朋友說：「你對朋友的滿腔熱忱和你做菜的一雙巧手，也是上帝的恩賜呀。」全桌朋友都大笑起來，海音也笑了。她說：「這還差不多。」快人快語，令人感動。

她創辦純文學出版社，向朋友約稿，為朋友出書，充分發揮了她超人的智慧和滿腔熱忱。因而業務蒸蒸日上。後因健康情形欠佳，她的得力助手次女祖麗隨夫遠去澳洲，她就毅然結束了出版社業務，將所有存書都無條件給了作者本人，絕不拖泥帶水。

她對好友在寫作上的關注，也帶著一股豪氣。她贊助了諄勸我為何不寫點對詩詞的心得，以饗讀者，以報恩師，她至誠的勸諭深深感動了我，才開始整理舊業，選出我最欣賞的詞人若干作品，寫出自己的欣賞心得。在那段日子裡，海音幾乎每隔一天必來我家催我快寫，幫我抄稿子。她的熱忱，實在不容我偷懶，因而完成了一本對詞欣賞的入門書。書名是海音取的，由她特請蘇雪林教授以新文學角度寫了一篇長序。在各篇章見報時，承林文月、顏崑陽兩位好友的賞識，寫了長長的評介，海音都特地收入書中。以饗廣大讀者。

海音對朋友的至誠，對出版書籍的認真，豈不令朋友由衷的感動，令讀者無限的欽佩呢！

九十年十二月十七夜於紐澤西

永懷琦君專輯

希世之珍琦

——琦君的「文壇之最」

應鳳凰

兩年前曾經在大學一年級開的散文課上，向班上五十位學生做了一次「我最喜愛作家」的調查，每人只能投一票，古今中外作家都是「候選人」。表決完畢，答案揭曉，贏得最高票，且幾乎是「壓倒性勝利」的作家，許多人猜不到，正是琦君。她受大學生歡迎的程度可見一斑。

從這裡延伸，琦君還擁有許多「當代作家之最」。除了她的散文收入高中、大學課本的頻率很高，可能是青年讀者最耳熟能詳，也是最暢銷的散文家之外，她也是戰後台灣文壇，第一位出版個別作家「研究與評論集」的女作家。一九八〇年爾雅出版社主持人隱地發揮他的編輯長才，主編一冊厚達二百五十餘頁，圖文並茂的琦君研究文集，書名《琦君的世界》。書前有琦君生活照片數十幀，內容前三分之一是訪問她或朋友寫她的文章，另外三分之二是各家評論，有些是書評，有些是對她散文的總論。「爾雅」在出版圈有很好的聲譽，正當營運的頂峰，這本華美圖書的出版，彷彿一頂向作家致敬的冠冕，羨煞多少文友。

這本書可說由四十幾位作家合寫的。到了二〇〇四年，三民書局也出版了一本《琦君的文學世界》，這次是由一個人寫的。與琦君同是浙江溫州人的大陸作者章方松說：他是從琦君個人的生活經歷出發，然後「發散到琦君文學創作所表現的豐富多彩的情感世界，挖掘裡面具有當代審美意義的鄉愁情感」。隔了兩年，二〇〇六年元月，三民再接再厲，推出一本作家傳記，書名《永遠的童話——琦君傳》。作者宇文正本身是小說家，「從小讀琦君的書長大」，又和琦君一樣出身中文系，文字細膩優美。這本書收入的照片更豐富細緻，從青少年到老年，每一個年歲的圖文都非常完整，也是研究琦君、親炙琦君最直接的出版品。

戰後作家誰能像琦君這樣，生前即親身感受廣大讀者的關愛，親眼讀到這麼多討論自己的文章，描寫自己一生的傳記。另外，二〇〇一年在她大陸的故鄉溫州，爲她成立了一座「琦君文學館」，她遠從美國坐著輪椅，親自參與了文學館的開幕儀式。二〇〇四年琦君回台灣定居，李瑞騰教授更在琦君教過書的「中央大學中文系」裡，成立了全球第一家「琦君研究中心」，更架設全球華人皆可上網的琦君專屬網站。二〇〇五年底中央大學也爲她舉辦「琦君及同輩女作家學術研討會」，學者齊聚一堂，研討作品同時肯定琦君在世界華文及台灣文學史的地位。

一九一七年出生，原名潘希珍的琦君，自小飽讀詩書，國學素養深厚。她出生在山明水秀的浙江永嘉縣瞿溪鄉，以後到杭州「之江大學」讀書，從中文系畢業後進入公職，一生讀書、教書、寫書，「三更有夢書當枕」最能形容她優雅蘊藉的風格及韻味。就像她的筆名「琦君」，來自原名的「希珍」：他的啓蒙老師夏承燾先生，總以「希世之珍琦」的「琦」字來稱呼她，加上一個禮貌性的敬稱「君」字，便成了「琦君」這個有特別意涵，又能紀念自己恩師的筆名。琦君一九四九年來台灣之後，曾任司法行政部（現改名「法務部」）編審科長，中國文化學院副教授，中央大學及中興大學教授，以後在美國東部居住了二十多年。二〇〇四年終於倦鳥歸巢，飛回台灣定居於北部淡水。

琦君，一個感動各個世代中文讀者的名字——她的散文從七歲到七十歲都喜歡讀。她寫的作品類別多元，涵括小說、散文、評論、兒童文學，讀她的書，彷彿坐在身邊聽作者輕柔說話，溫暖又不造作的親切風格，使她的作品風靡文壇數十年。讀者的數量，必將隨著年月不斷上昇。這樣的作家，確實是咱們文壇寶貴的「希世珍琦」。

——原載九十五年六月十九日《中華日報》

（本文作者應鳳凰女士，現任國立成功大學臺文研究所教授）

聽到琦君阿姨過世

王盛弘

民國八十四年，我與多年通信、但一度中斷的琦君阿姨，重又寫起信來。當時我剛退伍，回返老家自修準備升學考，後因故作罷，決定投入職場。我曾經在信上向琦君阿姨提起這件事，不多久後，接到回信，她的態度親切而且殷切，她說：

「你說暫時尚未找到工作，寄出去的履歷，不知已有回音否，至念！據我所知，爾雅出版社經常需要認眞工作的助手，不知近來如何？你何妨也寄張履歷去試試？你可以好好寫封信，自我介紹一下你的興趣、理想，隱地是位很愛才的文化工作者，你誠誠懇懇的信，可以作他的參考，即使一時沒有適當位置，以後需要時，他也會想到你的。你信中可以說說你對文藝工作之熱中、平日的愛好，閱讀書籍方向等等，你也可稍稍提到他出版的好書，和他方向之正確，使他了解，你不只是一個求職者，希望有一天他能請你去幫忙，一定會使雙方都很愉快的。我去信時不便先提，免他以爲我有偏見，或有意推荐，反而造成相反效果，你試試看好嗎？爾雅地址是中正區一〇七四六廈門街一一三巷三三號之一。」

她在「使他了解，你不只是一個求職者」一句畫了底線來強調。

可是當時我年輕氣盛，一身傲骨，希望一切靠自己。我自己投履歷、面試，很快的找到了工作。琦君阿姨沒有將我未接受她的意見放在心上，相反的，她給我許多鼓勵：「我很爲你高興，我不會向隱地提的，一切由你自己作主，你的精神令我很欣賞，青年人能如此，眞是值得讚美。」

六月七日我一進辦公室，同事告訴我，琦君阿姨過世了。我愣了一會兒，也就著手寫起隔日見報的紀念專輯編按。近年來心情轉趨平淡，高興的、難過的，往往都統籌於「這就是人生」的態度底下。何況琦君阿姨以九十高齡辭世，又享有崇隆的名聲，正如我的朋友安慰我的，「這輩子也值得了」。

我藉文字爲琦君阿姨送行：

「……古典文學的根柢、現代思潮的洗禮，形成琦君散文的強烈風格。溫柔敦厚是她爲人爲文最受推崇的特質，讀琦君散文，不僅將農業社會的溫暖氛圍召喚到眼前，更讀到她對人性的堅定信心。如今作家遠去，但她筆下的人物，已在讀者心中烙下永恆的形象。」

忙了一天回到家後，我把琦君阿姨的信拿了出來，仔細讀著，看到她在我初出社會時爲我謀職的熱切，涉世不深時給我許多爲人處世的指導，以及其他，那樣親切而且殷切，好像親人的叮嚀。其實我只是一個仰望她的單純讀者，我們遲至九十三年才有過一面之緣，但那時候她已經虛弱得不知道我是誰了。邊讀著信，來自內心底很深很深的地方，逐漸湧上了悲傷。悲傷也是人生中一種難以豁免的情境吧！

——原載九十五年六月十八日《國語日報》

（本文作者為散文名家，現任職《聯合報副刊》）

潘陸風采　希世之珍

宣中文

似乎才不久前，我坐在她對面，餵她吃午餐，她坐在輪椅上。她坐輪椅已好一陣子了。她很瘦弱，留著一貫的短髮，我訝異她已是九十歲的人了，竟然思緒極爲清晰。我心中在盤算，我的一篇中國文學論文快寫好了，要請她評審。她仍然如此美麗，臉上沒有皺紋，沒有老態，兩目有神，透著智慧，皮膚白皙，蛾眉蜯首，她握著我的手，好似柔荑。

她小口小口的吃著潤福樓下餐廳拿上來的飯菜，我留意在她口中的是兩排編貝。她吃得極少，小鳥都比她吃得多。不知是潤福的飯食不可口，或是她沒有活動，也沒有胃口了。

英俊瀟灑的師丈坐在旁邊，我們談著四川話。我問他：「您是四川哪格？」「說出來嚇死你。」「噢！酆都，您家鄉沒得啦，已經水漫酆都了。」

潘師忽然小嘴撇一撇，那模樣兒可愛極了，像小女孩撒嬌，她幽幽地對我說：「他好凶！」但我看出他們鶼鰈情深。

我看她食不下嚥，建議：「吃我帶來的蓮霧吧？」去淡水前已向師丈打聽了，她愛吃蓮霧，女傭削皮切好端來，我再小口小口餵她。

我腦中忽然閃出，那天全班安靜地坐著，等待新國文老師的畫面。鈴聲響，一位嬌小女性走進教室，短髮，薄施脂粉，雙瞳黑亮得像龍眼籽，那樣深邃，那樣有神，流盼之間，電到每個人；尤其女生，爲她的氣質出眾，清秀脱俗迷住了。她穿著白底小花的旗袍，一雙無塵的白皮鞋，全身散發著書卷氣，沒佩戴珠寶，卻比「印度之星」更璀燦，我霎時懂了「腹有詩書氣自華」。

她一講課，更把大家嚇呆了，一首首美詞、一篇篇佳文，全用背的！我現在教〈滕王閣序〉，也是不看書用背的，全是受她的影響。她一面教：「莫聽穿林打葉聲，何妨吟嘯且徐行……回首向來蕭瑟處，歸去，也無風雨也無晴。」同時一面寫板書。我一向喜愛米芾的字，但潘字比米字還美。坐在旁邊的之清，人美功課好，書法也美，就在書桌上一筆一畫學著潘師的字，像在臨帖。

下課，她見我髮長及腰，問：「你梳頭會掉髮嗎？」「會喲，掉好多。」「把掉髮留下給我，我想做個髮髻。」自此我每洗完又多又長的黑髮，就用力梳，好多掉些煩惱絲。這是多麼光榮的任務，我的頭髮做成髮髻，放在當世才女頭上！

後來她以訪問學人身分去美國愛荷華大學，那裡有舉世聞名的「國際作家工作坊」，由美國知名詩人保羅．安格爾教授及他的夫人，中國著名作家聶華苓教授主持。潘師蒞臨「國際作家工作坊」，讓那些來自世界各地的文豪興奮不已，因爲他們認識了久已聞名的潘希珍，而且是這樣一位婉約的東方女性。

總算吃完蓮霧，她該午睡了，我站起來告辭，俯下身擁抱她，並說：「下次約竹君一起，我開車帶您去美麗的東北角，看海、看潮、看天、看雲、看驚濤裂岸，捲起千堆雪，江山如畫，一時多少豪傑。」老師，您怎麼沒等我實現諾言，就飄然而去了呢？

——原載九十五年六月十八日《國語日報》

（本文作者為中國文化大學中文系教授）

琦君作品目錄一覽表

論述

詞人之舟　民七十年，純文學；民八十五年，爾雅
剪不斷的母子情　民九十四年，中國語文月刊

散文

溪邊瑣語　民五十一年，婦友月刊
琦君小品　民五十五年，三民
紅紗燈　民五十八年，三民

煙　愁	民五十八年，光啓社；民七十年，爾雅
三更有夢書當枕	民六十四年，爾雅
桂花雨	民六十五年，爾雅；民九十一年，格林
細雨燈花落	民六十六年，爾雅
讀書與生活	民六十七年，東大
千里懷人月在峰	民六十七年，爾雅
與我同車	民六十八年，九歌
留予他年說夢痕	民六十九年，洪範
母心似天空	民七十年，爾雅
燈景舊情懷	民七十二年，洪範
水是故鄉甜	民七十三年，九歌（民九十五年，重排新版）
	二〇〇六年（簡體字版），湖北人民
此處有仙桃	民七十四年，九歌（民九十五年，重排新版）
玻璃筆	民七十五年，九歌（民九十五年，重排新版）
琦君讀書	民七十六年，九歌

我愛動物　民七十七年，洪範

青燈有味似兒時　民七十七年，九歌（民九十三年，重排新版）；二〇〇六年（簡體字版），湖北人民

淚珠與珍珠　民七十八年，九歌（民九十五年，重排新版）

母心·佛心　民七十九年，九歌（民九十三年，重排新版）；二〇〇六年（簡體字版），湖北人民

一襲青衫萬縷情　民八十年，爾雅

媽媽銀行　民八十一年，九歌（民九十四年，重排新版）

萬水千山師友情　民八十四年，九歌（民九十五年，重排新版）

母親的書　民八十五年，洪範

永是有情人　民八十七年，九歌（民九十四年，重排新版）

小說

菁姐（短篇）　民四十三年，今日婦女雜誌；民七十年，爾雅

百合羹（短篇）　民四十七年，開明

繕校室八小時（短篇）　民五十七年，台灣商務
七月的哀傷（短篇）　民六十年，驚聲文物
錢塘江畔（短篇）　民六十九年，爾雅
橘子紅了（中篇）　民八十年，洪範

合集

琴心（散文、小說）　民四十二年，國風；民六十九年，爾雅
琦君自選集（詞、散文、小說）　民六十四年，黎明
文與情（散文、小說）　民七十九年，三民
琦君散文選（中英對照）　民八十九年，九歌
母親的金手錶　民九十年，九歌；二〇〇二年（簡體字版），中國三峽
夢中的餅乾屋　民九十一年，九歌；二〇〇二年（簡體字版），中國三峽

兒童文學

賣牛記　民五十五年，三民

老鞋匠和狗　民五十八年，台灣書店

琦君說童年　民七十年，純文學

琦君寄小讀者　民七十四年，純文學；民八十五年，健行

鞋子告狀（琦君寄小讀者改版）　民九十三年，九歌

翻譯作品

涼風山莊　民七十七年，純文學

比伯的手風琴　民七十八年，漢藝色研

李波的心聲　民七十八年，漢藝色研

好一個餿主義　民八十年，遠流

愛吃糖的菲利　民八十一年，九歌

小偵探菲利　民八十四年，九歌

菲利的幸運符咒　民八十六年，九歌

琦君及著作得獎紀錄

民五十二年（一九六三）　獲中國文藝協會文藝獎章

民五十九年（一九七〇）　著作《紅紗燈》獲第五屆中山文藝獎

民七十四年（一九八五）　著作《此處有仙桃》獲第十一屆國家文藝獎

著作《琦君寄小讀者》（後改名《鞋子告狀》）獲金鼎獎

民七十七年（一九八八）　著作《琦君讀書》獲新聞局中小學生優良課外讀物第六次推介

民七十八年（一九八九）　著作《青燈有味似兒時》獲新聞局中小學生優良課外讀物第七次推介

民八十年（一九九一）

民八十八年（一九九九）

民九十二年（二〇〇三）

民九十三年（二〇〇四）

民九十四年（二〇〇五）

民九十五年（二〇〇六）

著作《母心．佛心》獲新聞局中小學生優良課外讀物第九次推介

著作《永是有情人》獲新聞局中小學生優良課外讀物第十七次推介

著作《母親的金手錶》榮登金石堂年度TOP大眾散文類

著作《鞋子告狀——琦君寄小讀者》入選第四十七梯次「好書大家讀」

獲總統府頒贈「二等卿雲勳章」

著作《鞋子告狀——琦君寄小讀者》新聞局中小學生優良課外讀物二十四次推介

獲亞洲華文作家文藝基金會頒贈「資深作家敬慰獎」

著作《永是有情人》入選第四十九梯次「好書大家讀」

琦君作品集 09

玻璃筆

筆者	琦君
發行人	蔡文甫
出版發行	九歌出版社有限公司
	臺北市105八德路3段12巷57弄40號
	電話／02-25776564・傳真／02-25789205
	郵政劃撥／0112295-1
九歌文學網	www.chiuko.com.tw
印刷	晨捷印製股份有限公司
法律顧問	龍躍天律師・蕭雄淋律師・董安丹律師
初版	1986（民國95）年11月10日
增訂初版	2006（民國95）年9月10日
增訂初版6印	2015（民國104）年3月
定價	230元

書號	0110009
ISBN	957-444-339-6

（缺頁、破損或裝訂錯誤，請寄回本公司更換）

國家圖書館出版品預行編目資料

玻璃筆／琦君著. --重排增訂初版. --
臺北市：九歌，2006[民 95]
面；　　公分. --（琦君作品集：LA09）

ISBN 978-957-444-339-0（平裝）

855　　　　　　95014253